JN088445

真夜中の底で君を待つ

汐見夏衛

幻冬舎文庫

真夜中の底で君を待つ

真夜中の底で君を待つ　目次

序章　真夜中のくらげたち

◇

夜になると、くらげがやってくる。

いつも、眠りの森から追い出されたように、ふと目が覚める。カーテン越しに見える暗い空や、闇の中で微かに光る時計の針の位置を確認して、まだ真夜中だと悟る。

ああ、また起きちゃった、と思う。

世界は静まり返っていて、家の中も耳がきいんと痛くなるほど静かで、私はまるで夜の遊園地にひとり取り残された子どものように、膝を抱えて天井を見上げる。

するとたんに、生温《なまぬる》い薄闇の中から、次々にくらげが生まれ、何千、何万という大群になって、津波のように一気にこちらへ押し寄せてくる。

瞬《また》く間に私の身体は、透明のゼリーみたいなぶよぶよの物体に包まれ、もちろん顔にも何十匹ものくらげが貼りついて、身動きもとれず声も出せず、それどころか呼吸さえできないような、そんな気持ちになる。

息が苦しくて、本当に苦しくて、私は反射的に胸元に手をやり、ぎゅっとつねる。左右の鎖骨の間の、少し下のあたり。

空洞が、そこにある。

それを、服の上から爪を立てて、強くつねる。

子どものころから続く儀式みたいなものだ。そうすると少しだけ、息苦しさがましになるような気がするのだ。

酸素を求めて喘《あえ》ぐような浅い呼吸を繰り返しているうちに、ふと、窓辺の黒猫と目が合った。

あの日の記憶が甦《よみがえ》ってくる。

私はふらりと立ち上がり、黒猫の前に立った。空洞をつねっていた指の力を緩め、色褪《いろあ》せてしまった小さな頭をそっと撫《な》でる。

目を閉じて、瞼《まぶた》の裏で記憶をなぞる。もう何度も何度も、擦《す》りきれるほどに思い返している記憶。

そして、『秘密のおまじない』を心の中で唱える。

深呼吸して、とんとんとん。深く息を吸い込んで、ゆっくりと吐き出す。目を瞑《つむ》ったまま、軽く握った手でかたわらの机に触れ、そっとノックをするように三回叩く。

悪いことが起こりませんように。何もかもうまくいきますように。たくさんの幸せが訪れますように。大丈夫、大丈夫。もう何も怖くない。

もう何百回、何千回と繰り返してきたから、おまじないの言葉は、まるで息をするようにすらすらと出てくる。

こんなおまじない、効果なんてない。祈りも励ましも、意味なんてない。

そう分かっているのに、気がつくと私はいつも、誰もいない部屋の片隅で、ひとり机を叩いている。

深呼吸して、とんとんとん。深呼吸して、とんとんとん。

静かすぎる暗闇に響く柔らかい音の余韻に包まれて、私はまた浅い眠りについた。

◆

とうとう世界が終わったのか、と思った。

束の間の夢から醒《さ》めて、ゆっくりと目を開けたとき、視界のすべてが澄んだ金糸雀《カナリア》色の光に満たされていた。

部屋の中に視線を巡らせる。天井近くの明かり窓から、外の光が射し込んでいた。明け方の青白い光でも、真昼の真っ白な光でも、夕暮れどきの真っ赤な光でもない、透き通るような薄黄の光。

ひどく美しかったが、どこか不気味だった。

見慣れた天井が、見慣れない色に染まっているのを見て、不思議な浮遊感とかすかな焦燥《しょうそう》を覚える。惰眠《だみん》を貪っている間に地球が滅亡してしまったのかと錯覚してしまうほどの、異様な光景だった。

滅びゆく星は、きっとこんな薄気味悪い色の光に満ちているのだろう。

靄《もや》が立ち込めたような起き抜けの鈍い頭で、そんな幼稚な幻想を抱く。

少し頭がはっきりしてくると、なんのことはない、ただの気象現象だと冷静になった。激しい雨が止んだあとや、台風の目の只中など、荒天がふいにおさまったときに、このような色に空が染まることは、ままある。ちょうど黄昏《たそがれ》どきに多いような気がする。思えば今日も、朝方ベッドに入ってから、窓に打ちつける雨の音で、何度も眠りを妨げられた覚えがあった。おそらく昼中降っていたのだろう。

身を起こして枕元に目を向け、もうずっと埃《ほこり》をかぶったままの目覚まし時計で時間を確認すると、16時を回っていた。

ベッド横の窓のブラインドを少し上げてみる。雨はすでに止んでいたが、世界はまだどこもかしこも湿っていた。分厚い雨雲に濾過《ろか》された太陽光が、雨上がりの街を黄色く染め上げている。しばらくしたら夕焼け色に変わるのかもしれない。

ふう、と知らず溜め息が洩《も》れた。

また一日が終わっていく。

刻々と変わりゆく世界が映し出された青白いスクリーンをぼんやり眺めながら、自分だけがいつまでも、どこにも行けないまま、何も変わらないまま、ひとり時の止まった世界の片隅に座り込んでいる。

1章　黒縁さんのこと

◇

私の一日は、まるで時間割のようにきっちり決まっている。

6：30、起床。小学生のころからずっと同じ時間に起きているので身体が覚えてしまったのか、夜どれだけ眠れなかったとしても、朝になるとスマホのアラームが鳴る前に自然と目が覚めるようになった。

起きたらすぐに制服と通学鞄を持って部屋を出て、洗面所の横を通るときに制服を衣装ケースの上に、鞄はリビングの入口に置いておく。トイレを済ませたら洗面所に戻って、さっと顔を洗い、適当に寝癖を直す。

前は寝癖なんて気にもとめなかったけれど、バイトを始めてからは最低限の身だしなみは整えなくてはいけないかなと思うようになった。と言っても、顔を洗うついでに濡れた手でぱぱっと撫でつけるくらいだけれど。

今日の寝癖はなかなかしつこい。

6：35、パジャマを脱ぎ、洗濯かごの中の汚れ物とまとめて洗濯機に投入。洗剤と柔軟剤と漂白剤を入れ、スタートボタンを押す。制服に着替える。

6：40、台所に移動して、ふたり分の食事を作る。私の朝ご飯兼お父さんの晩ご飯。メニューはだいたい毎日同じようなものばかりだ。ご飯に味噌汁、玉子焼きとほうれん草のおひたし、炒めたウインナーと焼き魚。あとは海苔の佃煮や納豆、漬物などを冷蔵庫から出すだけ。見た目や栄養バランスよりも、とにかくさっと用意できることと、傷みにくいことが最優先だ。

ふたり分の皿に盛りつけ終わったら、余ったおかずは弁当箱に詰めていく。

6：50、朝ご飯を食べる。終わったら、食器を洗う。そのあとお弁当の粗熱《あらねつ》が取れているのを確認して、蓋を閉めて保冷剤と一緒にランチクロスで包み、通学鞄の中に突っ込む。

7：05、洗濯機のブザーが鳴ったら洗面所に行って、洗濯物をかごに移す。濡れた服って、どうしてこんなに重いんだろう。ベランダに移動して、物干しざおにかけていく。

毎日まったく同じ時間に、まったく同じことをしている。時計を確認しなくても、何も考えなくても、身体が勝手に時間をカウントして、勝手に行動している感じだ。ときどき、ふと、ロボットの中にいるみたいな気分になる。一日の動作すべてがプログラムしてあって、自動で次々に動いてくれるロボット。私はそれを操縦する必要もなく、ただぼんやり座っているだけでいい。なんにも考えなくていい。

すべての家事と身支度を終えると、家の中から音がなくなる。

洗濯機が回る音も、蛇口から水が流れる音も、コンロの火の音も、調理器具や食器が立てる音も、洗濯物を叩いてしわを伸ばす音も、歩き回る自分の足音も、すべて消える。

耳が痛い。軽く頭を振ってから、静寂を振り払うように、シャッと音を立ててカーテンを閉めた。

7：15、火の元と戸締まりを確認してから、家を出る。アパートの駐輪場にある自転車にまたがり、最寄りの青南駅に向かってペダルを漕《こ》ぐ。けっこう飛ばすので、髪やスカートがばさばさと風に躍る。

7：30、駅の駐輪場に自転車を置き、定期で改札を通り抜ける。三番ホームに行き、下りの準急に乗る。満員電車というほどではないけれど、基本的に空席はない。吊り革にぶら下がり、窓の外を流れる景色をぼんやりと見つめる。

7：50、瀬山駅で電車を降りて改札を出ると、同じ制服の人たちの波に乗って、高校に向かう一本道を歩く。

8：00、校門をくぐって靴を履き替え、教室に入って席についたら、ホームルームが始まるまでの間、ざわめきの中で宿題や小テストの準備をして過ごす。

教室は騒がしいからいい。家で勉強していると静かすぎて集中できず、妙に落ち着かなくなって呼吸がうまくできなくなる。だから、宿題が多くてどうにもならないとき以外、基本的に勉強は学校で空き時間にやると決めていた。

クラスメイトたちの絶え間ない話し声が、私の頭上を飛び交う。

私には雑談をするような友達はいない。家に帰っても誰もいないので、口を開くことはない。バイトがなければ、一日中まったく声を出さないことも珍しくなかった。

授業中はひたすら板書をノートに写し、指定された問題を解く。教室移動のない休み時間は教科書を見ながらチャイムが鳴るのを待ち、昼休みになったら窓の外を見ながら機械的にお弁当を口に運び、また午後の授業を黙々と受ける。

そして帰りのホームルームが始まるころから、またエンジンがかかり出す。ここからが私の一日の本番みたいなものだからだ。

「起立、礼。ありがとうございました」

15：45、号令に合わせて軽く頭を下げたら、帰り支度を済ませておいた荷物を持ってすぐに席を離れる。

朝と同じように、飛び交う言葉の下をくぐり抜けるようにして早足で歩き、放課後の教室を出る。まるで吹いていても気づかれないくらい弱い風みたいに、誰も私の存在に注意を払わない。それがとても心地よい。本当に誰からも忘れられて、空気のようになれたら楽なのに。

「白川《しらかわ》。おーい、白川」

このままそよ風になってひっそりと廊下を吹き抜けようと思っていたとき、突然後ろから名前を呼ばれた。

「……はい」

振り向きながら答えた声は、ひどくかすれてしまっていた。

そういえば今日初めて声を出したな、と思う。授業で指名されなかった日は、だいたいそうだ。

呼びかけてきたのは、クラス担任の中野《なかの》先生だった。数学の先生なのになぜかいつも上下ジャージを着ていて、声が大きいし、よくしゃべる。そのせいか圧迫感があって、私はいつもこの先生の前ではうまく話せなくなる。

「三者面談の希望日時、まだ出てないぞ」

「……はい、すみません」

そう呟《つぶや》くと、先生が少し眉をひそめた。

「ちゃんとお母さんに渡したか？」

私は頷《うなず》くことも首を振ることもできず、黙って硬直した。

中野先生とは去年までは接点がなく、二年生に進級したこの四月から担任になったので、私の家庭環境を把握していないのだろう。

「まだなのか。提出物は配られた日にお母さんに渡すこと！　で、すぐ記入してもらって翌日には持ってくる。これから進路関係で大事な書類も増えてくるからな、そういう事務的なことがきちんとできないと、大学受験では取り返しのつかないことになる場合もある。ちゃんと管理できるように今から気をつけておかないと。お母さんたちも大変なんだから、そんなことで困らせたらだめだぞ」

先生が早口で言う。厳しい口調ではないけれど、責められているような気がして、さらに身体が動かなくなってしまった。

うちにお母さんはいない。小学生のときからお父さんとふたり暮らしだ。

自動車部品の工場で夜勤の仕事をしているお父さんが帰ってくるのは朝8時、私が家を出たあとだ。そして昼間に寝て、夜8時ごろに出勤していく。

私は毎日学校から直接バイト先に行き、家に戻るのは夜なので、平日は基本的にお父さんと会うことはない。顔を合わせるのは週に二、三回、計数時間くらいだ。

だから、学校で配られたプリントをその日のうちに見てもらって次の日に提出するなんて、物理的に不可能だった。

でも、そんなうちの事情をこの場ですらすらと分かりやすく説明するなんて、私にできるわけがない。

どう答えればいいかと思い悩んでいると、中野先生が怪訝《けげん》そうに顔を覗《のぞ》き込んできた。

「ん、どうした？　大丈夫か？」

「いえ、別に……」

そもそも今説明する必要もないように思えて、私はぼそぼそ言いながら小さく首を横に振った。

先生が少し黙り込んでから、今度はどこか心配そうな声で訊《たず》ねてくる。

「本当に白川は大人しいなあ。ちゃんとクラスに友達はできたか？　友達は宝だからな。来年の受験戦争を勝ち抜くためにいちばん力になるのはやっぱり仲間だよ。支え合って切磋琢磨《せっさたくま》して、みんなで一緒に学力を伸ばしていくんだ。だから、今のうちからひとりでも多く友達を作っておいたほうがいいぞ」

「……はあ」

あまりにもたくさんの言葉が飛んできたので、私はぼんやりと呟くように答えることしかできない。

「……うん、まあ、何か困ったことがあったらいつでも先生に相談しろよ。勉強でも

いった。

「進路でも人間関係でも」

先生は呆《あき》れたように、というか諦めたように軽く肩を竦《すく》めて、そのまま立ち去っていった。

その背中をちらりと見送り、ふうっと息を吐き出す。

私は人と話すのが苦手だ。『はい』『いいえ』以外の返事をしないといけないような複雑な言葉を投げかけられると、どう反応すればいいか分からなくなる。

授業で質問されたときや、バイトでのお客さんとのやりとりなど、元からしゃべる内容が決まっているときは、なんとか言葉が出てくる。でも、グループ学習の話し合いのように自分の意見を求められる場面や、世間話や雑談のようにはっきりとした正解や見本がなく、しかもどんどん話題が変わっていく会話では、何を話せばいいのかまったく思いつかないのだ。

言うべき言葉は自分の中にあるはずなのに、どこにあるのか分からなくて、全然見つからなくて、口に出そうにも出せなくて、何かが喉につかえたようになんにも言えなくなる。何か言わなきゃと言葉を探しているうちに、相手は私の答えを待ちきれずに他の人と次の話に移っているか、私に話しかけたことを後悔したように顔を歪《ゆが》めて去っていく。私はぽつんと取り残されて、ただぼんやりと佇《たたず》む。

だから、黙って飲み込むしかない。何を飲み込んだのかも、自分ではよく分かっていない。

うまく飲み込めないときは、いつもの儀式をして、喉のつかえをとる。

そして、秘密のおまじないをする。深呼吸して、とんとんとん。

背中を預けていた壁をこぶしで軽く叩き、ゆっくりと息を吐き出した。

願いも祈りもない、ただの癖みたいなものだけれど、気持ちを切り換えたいときにはちょうどよかった。

15：50、学校を出て瀬山駅へ。今日は先生に呼びとめられたせいでいつもより遅くなってしまったけれど、小走りで駅に向かったおかげで、なんとかいつもの電車に間に合った。

16：20、青南駅で電車を降り、駅前にある喫茶店に入る。『珈琲《コーヒー》カナリア』、ここが私のバイト先だ。

16：30、休憩室で店の制服に着替えてから、タイムカードを押す。ホールに出て、お客さんに水や料理を運んだり、注文をとったり、レジ対応をしたり、手が空いたら洗いものをしたりする。閉店時間まで、黙々とそれを続ける。

これが私の一日。平日はずっと同じスケジュールの繰り返しだ。

学校が休みの日は、昼からラストまでのシフトに入っている。

同じことの繰り返しだと、何も考えなくても毎日が流れていく。

それがとてもいい。

◇

「こんにちは、更紗《さらさ》ちゃん。学校、お疲れ様」

店に入ってすぐ私に気づいて声をかけてきたのは、キッチン奥のパントリーで在庫チェックをしていた三尾《みお》さんだ。

「お疲れ様です。今日もよろしくお願いします」

私がそう言って頭を下げると、「こちらこそよろしくね」と朗らかに笑ってくれた。

三尾さんは大学生のころからカナリアでバイトをしていて、そのまま正社員として就職し、三年前から店長をしている女性だ。まだ二十代後半だけれど、いつも笑顔でてきぱきと仕事をこなして、スタッフからもお客さんからも信頼されている。

「三尾さん、これ、来月のシフトの希望です。よろしくお願いします」

私はエプロンのポケットから取り出したメモを渡した。

「ああ、ありがとう。相変わらず早くて助かる！」

彼女はにっこりと笑って受け取り、確認するようにメモに視線を落とす。

「うわあ」

ひょいと三尾さんの手元を覗き込んで驚いたような声を上げたのは、男子大学生の北岡《きたおか》さんだ。とても明るくて人懐っこい人で、みんなから好かれている。二年前からここで働いているそうで、三尾さんは『私がいないときに困ったら北岡くんに訊《き》いてね』と言っていた。

彼は私が書いたシフトの希望を見ながら、渋い顔をしている。

「またぎっしり入ってんなあ。ほぼ毎日じゃん。本当よく働くよな、更紗ちゃん」

三尾さんが「勝手に見ないの」と彼を諭してから、私に向き直った。

「更紗ちゃん、たくさんシフト入ってくれるのはとっても助かるんだけど、勉強とか大変じゃない？　帰りが夜遅くなっちゃうのも、親御さんは心配してない？」

「いえ……」

本当は、家にいても居心地がよくないし、やることがなくて暇をもて余してしまうのでバイトに来たいだけなのだけれど、そう言うと変に思われそうな気がした。

どう答えようかと頭をフル回転させて、いちばん事実に近くて、聞こえの悪くなさそうな表現をなんとか引っ張り出してくる。

「……大学に行ったらお金かかるだろうし、来年は受験生だから、今のうちにできるだけ貯《た》めておきたくて。あと私、部活とかしてないので、時間はたくさんありますし」

「そう……それならいいんだけど」

三尾さんは少し眉根を寄せて首を傾《かし》げてから、「でも」と続ける。

「くれぐれも無理はしないでね」

「はい、大丈夫です」

彼女がこくりと頷き、それから「あ」と声を上げる。

「そうだ、ちょっと今から休憩室のパソコンで発注作業してくるから、しばらくホールのほうよろしくね」

「はい、分かりました」

私は彼女に頭を下げて、キッチンカウンターに向かう。

「ねえねえ更紗ちゃんさあ、なんか疲れてない？」

後ろからついてきた北岡さんが、私の顔を覗き込むようにして言った。

え、と私は目を上げる。

「ちょっと顔色が悪いような……あっ、目の下、クマできてるじゃん」

「ああ……ちょっと、昨日、あんまり眠れなかったので」

「えー、ふらふらしない？　帰らなくて平気？」

怪訝そうな表情でそう訊ねられて、余計なことを言ってしまったなと思う。店の人に迷惑をかけるのは嫌だった。

「大丈夫です。普通に元気です」

北岡さんは「うーん、そっか、うん」と難しい顔をして、何か考えるように首をひねったあと、また私を見た。

「まあ、具合悪くなったらすぐ言ってな。って言っても俺は今日はもう上がりだからあれだけど。代わってあげられたらいいんだけど、これから他のバイト入っててさ。

ごめんな。何かあったらちゃんと三尾さんとか他のスタッフに声かけなよ？」

私は慌てて首を横に振る。

「いや、本当に大丈夫なんで」

彼に軽く頭を下げて、キッチンカウンターに置かれていたアイスコーヒーをトレイに載せた。

添えられた伝票の席番号を確認してそちらに向かいながら、さっきの言い方はあんまりよくなかったかな、と内心ひそかに反省する。北岡さんは私の体調を気にして声をかけてくれたのに、ちょっと素っ気ない答え方になってしまった気がする。

全然元気なので代わってもらう必要なんてないですし、他の人にも迷惑かけませんから大丈夫ですよ、ということが言いたかったのに、余計な詮索はしないで、みたいな嫌な感じに聞こえてしまったんじゃないだろうか、と不安になってきた。考えすぎだろうか。

北岡さん、気を悪くしていなければいいなあ、と思いつつ、カウンターの左手いちばん奥、T席で足を止める。

「お待たせしました。アイスコーヒーです」

開いたノートパソコンに目を落としていたお客さんが、ふと顔を上げた。

「ああ、ありがとうございます」

いつも夕方に来店して、ちょうど駅前通りに面した窓際のカウンターの端っこに座る若い男の人だ。たぶん二十代の半ばくらいだと思う。数人組の年配のお客さんが多いカナリアでは、ひとりで訪れる若いお客さんは珍しく、少し目立っている。

色白の小さな顔に、大きな黒縁の丸眼鏡をかけている。そんな外見がなんとなく印象的で覚えやすかった。なので私は勝手に心の中で『黒縁さん』と呼んでいる。

グラスとストローを置くと、彼は穏やかな笑みを浮かべ、また「ありがとうございます」と言って軽く頭を下げてくれた。

アルバイトに対してこんなに丁寧にお礼を言ってくれるお客さんはあまりいないので、なかなか人の顔を覚えられない私にしては珍しく、働き出してすぐに彼のことを認識した。

男の人にしては少し長めの髪はワックスなどでセットはしていないようで、無造作な感じに緩くうねっている。前髪が長いので、目もとはあまりはっきり見えない。そのぶん、すっと通った鼻筋や、薄い唇、細い顎が際立っていた。

いつも、柔らかそうな素材の白シャツに、細身のジーンズを穿《は》いている。ほっそりとした身体つきで、すらりと背が高く、少し猫背。背中を少し丸めて、頬杖をついてパソコンの画面を見ている。

パソコンは仕事の道具らしい。髪型や服装からしてサラリーマンではないんだろうなと思う。どんな仕事をしているのかな、とちょっと気になるけれど、店員からお客さんに、そんなことは訊かない。

常連さんの中には店員に気軽に話しかけてきて雑談をする人も多いけれど、黒縁さんは注文や会計のやりとり以外は決してしない人だった。素っ気ないとか冷ややかというわけではなく、物腰が柔らかくて、いつでも丁寧で穏やかな対応をしてくれるけれど、一線は越えないというか、あくまでも客としてふるまい、必要以上に店員とは接しない、という感じ。

きっと服屋さんとかでも店の人に話しかけられたくないタイプなんだろうなと思う。

「あの……どうかされましたか」

ふいに黒縁さんが言ったので、私ははっと我に返った。無意識のうちに彼の顔をじっと見つめていたことに気がつく。

「あ、すみません。失礼しました」

慌てて謝ると、彼は「いえいえ」と微笑《ほほえ》み、パソコンの画面に目を戻した。

「どうぞごゆっくり」

そう声をかけてカウンター席から離れ、店内を見渡す。今のところ、店員に用のありそうなお客さんはいなかった。

一年前から働いているこのカナリアという店は、青南駅の北口を出てすぐ、パチンコ屋の隣にある昔ながらの喫茶店だ。高校に入学してバイトを探していたとき、家から近くて学校帰りに通いやすい場所にあり、高校生も募集しているという条件に当てはまる求人広告はここしかなかった。消去法で選んだバイト先だったけれど、私にとってはすごく働きやすく、実際に長続きもしているし、いい店を見つけることができて運がよかったなと思う。

店内には四人がけのテーブルが十卓と、カウンターが二十席。満席なら六十人のお客さんが入れる計算になるけれど、いちばん混雑する昼から夕方までの時間帯でも、席が埋まるのはだいたい半分くらい。都心部から離れた郊外にある、特急も停まらないような街なので、そもそも駅前でも人通りがあまり多くないのだ。

それでも数組のお客さんが同時に来店して注文が立て込んだりすると、ホールふたり、キッチンふたりの体制でも大忙しになる。

大半が週に二、三回のペースで来てくれるお客さんで、さすがの私でも、半年もすれば常連さん全員の顔を覚えることができた。

三尾さんの話では、ほとんどは隣のパチンコ屋のお客さんで、パチンコの合間に休憩がてら、または帰りがけに、食事やお茶をしに来ているらしい。定年後のおじいさんやおばあさんが多くて、だいたいは三、四人で連れ立って来店し、トーストやサンドイッチなどの軽食か、ケーキセットなどを頼んで何時間もおしゃべりをして帰っていく。

そんなカナリアの客の中で、黒縁さんはいつもひとりだし、年齢も若いし、パチンコには行かずにコーヒーを何杯もおかわりしながら閉店までずっとパソコンと向かい合っているし、やっぱりどこか浮いていた。そのせいか、お客さんが減って手が空いているときは、なんとなく彼を見てしまう。

「おい、いつもの」

ぼんやりと窓際のカウンター席を眺めていたら、ふいに背後から太い声が聞こえてきて、私は反射的に振り向いた。

毎週水曜日にやってくる小太りのおじさんが、先週新しく入った花村《はなむら》さんという女子大生のバイトに声をかけている。今日は彼女が北岡さんと入れ替わりのシフトだったはずだ。

「あ、はい、えっ、いつもの……？」

彼女は戸惑ったように首を傾げる。するとおじさんがいらいらして「いつものだよ！」と大声で言った。

なんて言うんだっけ、こういうの。偉そうな感じの……ああ、そうだ、『横柄』だ。現代文の教科書に出てきて、いるなあこういう態度のお客さん、と思って印象に残っていたのだ。

横柄なおじさんは眉をつり上げ、頬をぴくぴくさせながら花村さんを怒鳴りつける。

こういうときは店長の三尾さんか、バイト歴の長い北岡さんが仲裁に入ってくれることが多いけれど、今はふたりともいない。

私はふうっと息を吐いてから、おじさんのテーブルに足を向けた。

「すみません」と声をかけると、おじさんが「あ？」と険しい表情で振り向いた。

私はすうっと息を吸い込み、また口を開く。

「アメリカンコーヒー、ミルクはなし、ですよね」

このおじさんはいつもアメリカンを頼み、コーヒーフレッシュは入れず、卓上の砂糖をたっぷり入れて飲む。それだけなら別にいいのだけれど、コーヒーと一緒にフレッシュの入った小瓶を持っていってしまうと、「いらないって言っただろうが」となぜかすごく怒るのだ。

いらないなら使わずに置いておけばいいだけの話なのに、妙なこだわりだ。面倒くさい人だなと思うけれど、お客さんなので丁寧に対応するしかない。

「アメリカン、すぐにお持ちしますね」

花村さんが少し潤んだ目で私を見て、小さく手を合わせ、「ありがとう」という形に唇を動かした。私は小さく頷く。

これで一件落着、と思ったのに、おじさんはいつになく不機嫌で、さらに食い下がってきた。

「俺が今まで何回この店に来てると思ってるんだ。いっつも同じの頼んでるだろうが！　いい加減覚えろよ！」

おじさんが突然立ち上がり、花村さんの肩を摑《つか》もうとする。彼女は泣きそうな顔で身を縮めた。

まさかそこまでしてくるとは思っていなかったので、私は一瞬驚いて硬直してしまったけれど、なんとか自分を奮い立たせておじさんの腕を摑み、「やめてください」と声を上げた。

するとおじさんは、怒りを堪《こら》えきれないというように私を睨《にら》みつけ、今度はこちらに向かってきた。

私は自分の胸元に手をやり、ぎゅうっとつねりながら肩を竦める。

反射的に目を瞑って衝撃に備えたけれど、何も起こらなかった。

怪訝に思いながら、ゆっくりと瞼を上げる。

最初に目に入ったのは、綺麗《きれい》な横顔。私と花村さんをかばうように前に立ち、おじさんの肩のあたりに手を押し当てて動きを妨げてくれているのは、黒縁さんだった。

あまりに近い距離に、びっくりしすぎて思わず、声が出そうになった。

「何をなさってるんですか」

背の高い黒縁さんに見下ろされて、おじさんは圧倒されたように目を丸くしている。

他の数人のお客さんも騒ぎに気づいていて、ちらちらとこちらを見ていた。

「暴力はやめてください」

彼は静かに澄んだ眼差しで、淡々と言った。

「そちらの店員さんは、先週から働いてらっしゃる方ですよ。あなたの『いつもの』はご存知なくても仕方がないのではないですか」

おじさんが悔しそうに口許を歪め、さっきよりはずいぶんと弱々しい口調で反論する。

「こっちは客だぞ。しかも何年も通ってやってるんだ」

「そうだとしても、あなたが店員さんの見分けがつかないように、店員さんもすべての常連客の顔と注文内容をいちいち把握しているわけではありませんよ」

黒縁さんは少し呆れたような表情で言った。

「アメリカン、ミルクなし、とほんの二言言うだけで済むじゃないですか。そんなに面倒なことでもないでしょう。横着なさらずにちゃんと注文して差し上げたらいかがですか」

丁寧な言葉づかいだけれど、おじさんの横柄な態度をしっかり非難してくれている。

黒縁さんって大人しそうなのに意外と毅然とした感じの人なんだ、と内心驚く。パソコンを見ながらコーヒーを飲む姿か、穏やかな微笑みを浮かべてゆったりと一言、二言しゃべるところしか見たことがなかったから、予想外だった。

お客さん同士で揉《も》め事《ごと》になったらどうしよう、三尾さん呼んできたほうがいいかな、と内心ひやひやしていたけれど、おじさんは小さく舌打ちしただけで結局何も頼まずに店を出ていったので、ほっとした。

おじさんの後ろ姿を静かに見送った黒縁さんは、ふっと表情を緩めていつもの微笑みで私と花村さんに軽く会釈をして、何事もなかったかのように自分の席に戻っていった。

私は慌ててそのあとを追い、再びパソコンに向かっている薄くて広い背中に、そっと呼びかける。

「あ、あの、黒縁さん……」

彼はふっと顔を上げ、こちらを振り向いた。その表情は、少し困ったように眉が下がっている。

「……ええと、僕のことですか？」

「あ、はい」

そこでやっと、見た目から勝手につけたあだ名で本人に呼びかける、というものすごく失礼なことをしてしまったことに気がついた。

「……すみません」

深々と頭を下げると、彼は慌てた様子で手を振った。

「いえ、謝るようなことでは、全然」

それから彼は、長い指の先で眼鏡の端をつまみ、小さく揺らした。

「これ、かけてるからですかね、もしかして」

「はい……」

「なるほど」

彼は少し笑いを含んだ声で言った。

怒ったり、気を悪くしたりはしていないようで、安心する。

「……あの、さっきはありがとうございました。助かりました」

また頭を下げると、彼は「いやいや」とまた手をひらひら振る。

「生意気な言い方をしてしまったので、僕のせいでお店の大事な常連客をひとり失ってしまったかもしれません。すみません」

今度は私が手を振る。

「いいんです、あんなめんどくさいお客さん」

せっかく助けてくれたのに、謝ったりしてほしくなくて、必死に言葉を絞り出したら、思わず正直な感想を口にしてしまった。彼は意表を突かれたように目を丸くして、それから顔をくしゃくしゃにして「ははっ」とおかしそうに笑った。

「いや、すみません、笑ったりしてしまって。あんまりはっきり仰《おつしや》るので驚いて……ふふ……っ」

黒縁さんは目を細めながら口許に手を当て、堪えきれないように笑いを洩らしている。

こんなふうに笑う人なんだ、と新鮮に思う。穏やかに微笑んでいるのは何度も見ていたけれど、声を出して笑うのは初めて見た。

「あの、お名前、うかがってもいいですか……」

気がついたらそう口にしていた。

自分から誰かの名前を知ろうとしたのは初めてかもしれない。自分で自分にびっくりする。

急に心臓がどくどく音を立て始め、いつの間にか握りしめていた手の中は少し汗ばんでいた。でも黒縁さんと呼ぶわけにもいかないし、と心の中で、誰に向けているのか分からない釈明をする。

次の瞬間には、いきなりお客さんの名前を訊くなんて失礼かな、と不安になったけれど、彼は「名乗るほどの者ではありませんが」と冗談めかして笑ってから、教えてくれた。

「仁科《にしな》、と言います」

私にとってただの『名前も知らない常連さん』だった人が、『名前を知っている特別な常連さん』に変わった瞬間だった。

◇

21：00、閉店。店内の片付けと掃除をすませたら、休憩室で学校の制服に着替える。

21：30、店を出て駅の駐輪場に行き、自転車を押してコンビニに寄り、おにぎりをひとつ買う。自転車を漕いで近くの月池公園に行き、ベンチに座っておにぎりを食べて時間をつぶし、公園を出る。アパートに向かって、ゆっくりと自転車を漕ぐ。

変わらないスケジュール。でも、今日はいつもと違うことがあったからか、同じことをしているはずなのになんだか妙に落ち着かなかった。

家に着いて、真っ暗な中でふとスマホの画面を見ると、『22：36』と表示されていて驚いた。

普段より30分くらい帰宅するのが早い。いつも時計を確認しなくてもだいたい同じ時間に帰ってくるのに、やっぱり、慣れないことがあると、体内時計がおかしくなるらしい。もう少し公園にいればよかったと、ふうと溜め息をついた。

台所の電気をつける。蛍光灯の明かりはなんだか青白くて、室温が下がるような気がする。そして誰もいない部屋がいつになくがらんと広く、春なのに妙に寒々しく感じる。

しんとした空気の中に、私の立てる音だけが響き渡る。音が途切れないようになるべく大げさな動きをしてしまう。

足を止めずにお風呂場へ行き、浴槽を洗ってお湯を溜める。勢いよく流れ出したお湯の音が、一気に空間を埋め尽くしていくのが心地よかった。

お湯が溜まるのを待つ間に、ベランダの洗濯物を取り込む。

それから自分の部屋に行って、学習机の引き出しから一枚のプリントを取り出した。このまま忘れてしまいたかったけれど、先生に催促されたから仕方がない。

電話機の横に置いてあるメモ用紙を一枚とって、ボールペンで伝言を書く。

『お父さんへ　今度三者面談があるので、もし都合がつくならどの日程がいいか教えてください。更紗』

メモを添えて、食卓の上に置いておいた。

お父さんは気づいてくれるだろうか。こうやって置いておいたプリントがそのままになっていることも珍しくない。一日中立ちっぱなしで身体を使う仕事なので、帰ってきたら疲れ果ててすぐに寝てしまうのだろう。

自分の部屋に戻って通学鞄から教科書を取り出し、明日の時間割に合わせて入れ替える。

知らない誰かの声が、もうすぐお風呂が沸きますとやけに嬉しそうに告げた。

しばらくすると陽気なメロディの電子音が鳴り響き、再び静寂が戻ってくる。

静かすぎて耳が痛い。知らぬ間に、また儀式をしていた。

胸元から手を離し、ふうっと息を吐いて、写真立ての中の色褪せた写真を見つめる。

もしもまだお母さんがいたら、うちの中はこんなに静かじゃなかったのかな、とふいに思う。

『私は更紗のために……』

『もし更紗がいなかったら……』

耳の中に甦る、何度も何度も聞いた言葉。その百倍くらい思い出した言葉。思い出すたびに、胸の奥底の空洞が大きくなる。

大きく息を吸って、吐いて、机を叩く。

深呼吸して、とんとんとん。深呼吸して、とんとんとん。

考えても仕方のないことは、考えない。失ったもののことは、思い出さない。

私はただ、明日もまたスケジュール通りに動いていればいい。そうすれば時間はどんどん過ぎてくれる。

お風呂に入って、眠ろう。

どうか今日は真夜中に目が覚めませんように。とんとんとん。

目を閉じて深呼吸をしたら、なぜか突然、瞼の裏に黒縁さんの顔が浮かんだ。

え、なんで。戸惑いのあまり声に出してしまい、それが我ながらおかしくて笑えてきて、ふっと肩が軽くなった気がした。

黒縁さんに——仁科さんに、明日もう一度ちゃんとお礼を言おう。

2章　夜の公園に浮かぶ月

◇

「三組、頑張れー！　行け行けー！」

「シュート！　あーっ、ドンマーイ！」

「早く戻れ！　ディーフェンス、ディーフェンス！」

「ナイスカット！　行け、打て打て！」

「きゃー！　入ったー！」

「ナイッシュー！」

私の頭上をいつものように飛び交う、たくさんの言葉たち。でも普段よりもずっと大きく、浮かれた声ばかりだ。

今日は朝から球技大会が行われていて、今年初めての学校行事ということもあり、みんなテンションが高い。

今はちょうどグラウンドでうちのクラスの男子チームがサッカーの試合をやっていて、他の競技に出るクラスメイトの男女が、大勢応援に来ていた。その集団の隅っこで、私もひとり座って観戦している。

「3、2、1……試合終了！」

「わーっ！」

「きゃーっ！」

ホイッスルが鳴ると同時に、クラスのみんなは歓声を上げて飛び上がった。

「やったやった、勝ったー！」

「すごーい、準決勝進出！」

みんなが飛び跳ねるので、地面に体育座りをして膝を抱えていた私は、一瞬にしてたくさんのスニーカーが巻き上げた砂埃《すなぼこり》に包まれた。

慌てて立ち上がったとき、「いえーい」とにぎやかな声が降ってきた。

見上げると、安井《やすい》くんという男子が私のほうを振り向きながら、満面の笑みで両手を上げて手のひらをこちらに向けている。

一瞬、何がなんだか分からなくてぽかんとしてしまったけれど、周りがみんなハイタッチしているのを見て、やっと状況を理解する。

え、私とハイタッチするってこと？　と動揺しつつも、思わず両手を上げたとたん、彼は「やべ、間違った」と気まずそうな顔で呟《つぶや》き、くるりと後ろを向いた。

私は胸のあたりで宙をさまよっている両手を、そろそろと下げた。

「打ち上げ行く人、手え挙げて！」

閉会式が終わり、教室に戻ってくると、クラスの中心的な女子のひとりである加藤《かとう》さんが教壇に立ち、みんなに向かって笑顔で言った。

「行く行く！」

「私も！　ねえ、どこ行くの？」

「駅前のカラオケだよー」

いいねー、行こう行こう、と盛り上がる声の中で、私は机の上に置いてあった制服

を抱える。更衣室に着替えに行こうとしたとき、

「白川《しらかわ》さんは？」

突然声をかけられて驚く。目をやると、クラス委員の竹田《たけだ》さんが私を見ていた。

もしかして私の聞き間違いだろうかと、硬直したまま彼女の顔を見つめ返していると、周囲でどっと笑い声が上がった。

「いやいや、なに声かけてんの、超うけるんですけど」

「びっくりしたー、どうしたの竹田っち、急に空気読めなくなった？」

「白川さんがこういうの来るわけないっしょー、ねー？　白川さん」

いつもは私なんて透明人間扱いなのに、今日は球技大会の興奮が残っているせいか、みんなまるで親しい友達みたいに話しかけてくる。反応に困って硬直してしまう。顔が強張《こわば》っているのを感じる。

「……別に」

最初から行かないと決めているわけじゃない。今日はバイトがあるから無理だけど、別に絶対に行かないってわけじゃ。

そういうようなことを伝えようと思って「別に」と口にしたのに、私が続きを言う

前にみんながまた笑う。

「こわっ。ほら、竹田っち、怒らせちゃったじゃん」

「来るわけないって、なー。ごめんなさいね、うちの竹田が。忙しいのに話しかけちゃってー」

「あははっ、ばーか、お前誰だよ」

私の周りに、にぎやかな笑い声が満ちていく。くらげみたいに貼りついて、まとわりついて、呼吸を奪っていく。

学校は、酸素が薄い。息がうまく吸えない。

早くカナリアに行きたい。あの店の中では、不思議と息が苦しくなることがない。

私は更衣室に行って制服に着替える余裕もなく、ジャージ姿のまま早足で教室の後ろの出口に向かった。

すれ違いざまに誰かが「ごめんね」と小さく呟いたのが聞こえたような気がしたけれど、たぶん気のせいだ。

◇

「あれ、今日は制服じゃないんだね」

店の休憩室に入ると、花村《はなむら》さんが目を丸くして話しかけてきた。

「あ、はい、今日、球技大会で」

「うっわ、球技大会！　懐かしい響き！　青春だなー！」

ひょっこりと顔を出した北岡《きたおか》さんが、妙に嬉しそうに叫んだ。彼女も同意するように頷《うなず》く。

「ほんと懐かしい。百年ぶりくらいに聞いた気がする」

「なー。ずいぶん遠いところまで来ちゃったなー、俺たち」

楽しそうにおしゃべりをするふたりの様子を、私はじっと見つめる。店に入って一ヶ月ですっかり馴染《なじ》んだ花村さんは、いつも明るくて可愛らしい笑みを浮かべていて、しかも話も上手で面白くて、すでに北岡さんに負けず劣らずの人気者になっていた。

ふたりとも、きっと学校行事のときは、加藤さんや安井くんみたいに一生懸命に競技に参加して、クラスの仲間の試合では大声で応援し、勝ったら自分のことみたいに喜び、当然打ち上げにも参加してたんだろうな。そんなことをぼんやり思う。

私とは別世界の、眩《まぶ》しい人たち。

「楽しかった？」

北岡さんに問いかけられ、はっと我に返った。

耳の中に残る彼の言葉を反芻《はんすう》し、内容を把握する。学校行事が楽しかったかどうか。

「……はい」

正直、参加種目を決めるときにぼんやりしていたら苦手なバスケに出る羽目になって散々だったし、炎天下で何時間も座っていて本当に暑かったし、無駄に疲れただけだったけれど、ここで「楽しくなかったです」と答えるのはまずいだろうと、いくら私でも分かったので、そう答えた。

「そっかそっか、楽しかったかー、そりゃよかった」

北岡さんが笑ってそう言ったとき、三尾《みお》さんがキッチンのほうからやってきた。在庫管理用のファイルを手にとりつつ、にこにこしながら話に入ってくる。

「なになにー、なんか盛り上がってるね」

「更紗《さらさ》ちゃん、今日球技大会だったんですって」

「へえ、球技大会かあ。懐かしいなあ」

「ですよね！」

「って、北岡くんも花村さんも、ついこないだまで高校生だったでしょ」

「いやいや、もう二年も前ですもん」

「ちょっとー、それ言われちゃったら、私は十年前って言わなきゃいけない流れになるじゃない」

「いやいや、そんなつもりは断じて！」

「あはは、分かってるって」

三尾さんがけらけら笑いながら振り向き、今度は私に言った。

「更紗ちゃん、疲れてるんじゃない？　今日は空いてるし、きつかったら無理しないで、休めるときは休んでね」

「いえ、別に大丈夫です」

ぺこりと頭を下げて休憩室を出てから、あ、またやっちゃったかも、と気になりはじめた。ああいうふうに言われた場合は、『ありがとうございます』と答えるのが適

「そうですね」

せっかく話を振ってくれているのに、短い相づちを打つことしかできない自分が情けない。

「……今日は学校で、球技大会があって、とても暑かったです」

何かもっとまともなことを言わなきゃ、と必死に考えて付け足してみた。

仁科さんが「そうなんですか」と目を丸くする。

はい、と返事をしたつもりがうまく声にならず、軽く頷くだけになってしまう。

私は小さく息を吸って「ご注文は」と訊《たず》ねた。決まり文句なら、ちゃんと声になる。

「アイスコーヒーを、お願いします」

仁科さんが頼むのはいつでもアイスコーヒーだ。それでも、あのおじさんみたいに「いつもの」と偉そうに言ったりはしない。他のお客さんは、「アイスコーヒーちょうだい」とか「アイスコーヒー持ってきて」みたいな言い方をしたり、もっとすごい人だと「アイスコーヒー」と単語だけ言ったりするけれど、彼は必ず「お願いします」まで言ってくれる。

「少々お待ちください」

とまた頭を下げてキッチンに向かいながら、ふと気がついてしまった。

もしかしてさっきの『冷たい飲み物が美味しい季節』というのは、『今日は暑かったから冷たいものを早く飲みたい。世間話はいいからとっとと注文をとってくれ』という裏の意味があったんじゃないだろうか。仁科さんは話を切り上げようとしていたのに、私は空気を読まずに、彼にはまったく関係のない学校の話題なんか出してしまったんじゃないだろうか。

考えすぎだろうか。仁科さんはそういう人じゃないと思うけど、いや、でも、やってしまったかもしれない。

そんなことを悩みながら三尾さんに注文を伝え、ウォーターサーバーから零れた水滴を拭いていると、「珍しいよね」と突然話しかけられた。

振り向くと、北岡さんが笑顔で立っている。

「更紗ちゃんが自分からお客さんに話しかけるなんて、珍しいなあって」

「えっ……」

思わず息を呑むと、彼ははっとしたように目を見開いた。

「あ、ごめん、余計なこと言ったわ」

隣に立っていた花村さんが、くすくす笑って言う。

「北岡くん、そういうの、いちばん嫌がられるやつだよ。プライバシーの侵害」

彼女の言葉に、北岡さんは大げさに顔を覆った。

「だよなー、やっちまった！　ドン引きしてんじゃん更紗ちゃん。ごめんなさい」

彼は眉をぐっと下げた顔の前で両手を合わせ、申し訳なさそうに謝ってきた。

ただ反応に困っただけでドン引きとかそういうわけじゃないんだけど、と思いつつ、

「いえ、別に」と呟く。

それだけだと素っ気ないような気がして、「ちょっとびっくりしただけで、全然引いてなんかいません」と続けようと口を開いたものの、言葉を選んでいるうちに、彼は花村さんと会話を始めていた。

「北岡くんの社交的なところ、長所でもあるけど短所にもなるよね」

「えっ、何々、どういうこと？」

「ええー、ちょっと言いにくいけど、ほら、ちょっと馴れ馴れしいっていうか」

「おいーっ、はなむー！　言いにくいとか言いつつ、しっかり言っちゃってんじゃん！」

「あっ、ごめん、思わず」

花村さんが楽しそうにけらけら笑い、北岡さんもお腹を抱えて噴き出した。

彼らは同じ大学に通っていて、シフトもかぶることが多く、花村さんが入ってすぐにすごく仲良くなったみたいだった。ふたりともおしゃべりで会話のテンポもすごく速いので、私はまったくついていけない。

「アイスコーヒー上がりましたー」

三尾さんがキッチンカウンターに置いたグラスを手にとり、トレイに載せて窓際に向かう。

「お待たせしました、アイスコーヒーです」

「ああ、ありがとうございます」

仁科さんはいつものように丁寧にお礼を言ってくれた。さっきのことは気にしていないようでよかった、とこっそり安心する。

コースターとストローを置こうとすると、

「ああ、邪魔ですよね、どかしますね」

そう言って、パソコンの横に広げていたノートを閉じてくれた。

「あ、すみません、ありがとうございます」

「いえいえ、どういたしまして」

仁科さんは穏やかに微笑みながら答えた。他の人とは少し違う、ゆったりとした口調が心地いいなと思う。私も焦って言葉を探さなくていいのかなと、ほっとするのだ。

アイスコーヒーのグラスをコースターに載せながら、なんとか話しかけてみた。

「あの……今日も、お仕事大変ですね」

そう口にしたものの、急に不安になった。ずっと気になっていたから思わず言ってしまったけれど、立ち入ったことを訊《き》いてしまっただろうか。これこそ『プライバシーの侵害』になるんじゃないか。

仁科さんは、一瞬だけ少し驚いたように眉を上げたものの、すぐにふっと微笑んでくれた。

「ああ、ええ、そうですね」

それから一拍おいて、ゆっくりと付け足す。

「……と言っても、画面とにらめっこをしてばかりで、大した仕事はしていないんですが」

「そうなんですか」

続く言葉が出てこない。こういうとき、なんと返せばいいんだろう。

毎日何時間もパソコンと向き合っているのだから、『大した仕事はしていない』なんてことはないだろうし、仁科さんは頭も良さそうだから、きっと私には分からないすごい仕事をしているのだと思う。

仁科さんがさっき閉じたノートには、細かい字がたくさん書き込まれていたように見えた。パソコンの画面は、本当にプライバシーの侵害になってしまうので見ないようにしているけれど、キーボードの真ん中あたりの文字が薄くなったり消えたりしている。きっと何十時間、何百時間もパソコンを使ってきたに違いない。

ここで、『そんなことありませんよ』なんて言ったら、どんな仕事をしているかも知らないのに何を適当なことを言っているのかと思われそうだ。などとぐるぐる考えているうちに、ドアベルが鳴った。振り向くと五人組のお客さんが中に入ってくる。そのうしろに二人連れもいた。

私は仁科さんに「お疲れ様です。お仕事、頑張ってください」と頭を下げて、急いでキッチンカウンターに戻った。

閉店間際に、仁科さんは会計を終えて店を出ていった。帰り際に私のほうを見て軽く会釈をしてくれた。今日は夕食を注文するお客さんが多くて、料理を運んだり洗いものをしたりするのに忙しく、ちゃんと話の続きができなかったのが残念だった。

仁科さんが座っていた席の片付けをしながら、いつもきちんと整頓して帰ってくれるなあ、と思う。グラスについた水滴が垂れて濡れたところは丁寧に拭き取り、使った紙ナプキンやストローの包装紙はスタッフの手が濡れたり汚れたりしないようにまとめて包んである。グラスやコースター、ミルクポットは片付けやすいように端に寄せてある。置いてあるものをそのままトレイに載せてさっとふきんで拭くだけでいいので、仁科さんの使った席を片付けるのはとても楽だし時間もかからない。

他のお客さんのテーブルを片付けるときは、シュガーポットからこぼれた砂糖がそのままになっていたり、食べこぼしがたくさん落ちていたりして、もちろんそれを片付けるのが私たちの仕事だから別に構わないのだけれど、こうやって気を遣って綺麗《きれい》にしてあると感激する。

「なんかいいことあった？」

トレイを持ってキッチンに向かっている途中で、北岡さんが声をかけてきた。

「え？　なんですか？」

「いや、嬉しそうな顔してるから」

「えっ」

私は思わず足を止める。言われてみれば、頬が緩んでしまっているような気がした。

「いえ……あの、なんでもありません」

慌てて気を引き締め、また歩き出す。仕事中に余計なことを考えたらだめだ、と気合を入れ直して、そのあとは黙々と働いた。


仕事を終えて裏口から外に出ると、ひんやりとした夜の空気に包まれた。

昼間は暑くなってきたけれど、夜はまだ冷える。セーラー服の上にはおったカーディガンのボタンを留めて、二軒隣のコンビニに入った。

おにぎりの棚を見てみると、梅しか残っていなかった。別に食べられないことはないけれど、あまり好きではない。パンの棚に移動し、焼きそばパンを買って、帰り道の途中にあるいつもの公園に入った。

月池公園の真ん中にはその名の通り大きな池があって、その周りはレンガの遊歩道になっており、この時間でも犬の散歩やジョギングをする人が数組いた。いつものベンチに腰かけると、鞄から水筒を取り出してお茶を一口飲み、もそもそとパンを食べる。

私は公園での晩ご飯が気に入っていた。遊歩道を歩く人がいるし、植え込みの中にいる虫の鳴き声や風に揺れる木の葉の音、道路を走る車の音がする。生き物の気配があるのが好きだった。

晩ご飯を食べ終えたあとは、ただぼんやりと池を見つめる。綺麗な水ではないのでどんなに覗《のぞ》き込んでも何も見えないし、今日は風が弱いので水面にも何も変化がない。見ても少しも楽しくないけれど、他にやることがない。夜の公園にスマホの明るすぎる画面は似合わないし。ベンチに座って魂が抜けたみたいにぼうっとしながら、時間が経つのを待つ。

毎晩ここに来るのは、食事をするためでもリフレッシュをするためでもなく、とにかく家にいる時間を少しでも少なくするためだった。

23時に帰宅すれば、それからお風呂を沸かしつつ洗濯物を取り込んでたたみ、明日の学校の用意をして、残りの洗いものを済ませてから24時半にベッドに入って、少しも時間をもて余すことなく一日を終えることができる。

時間を潰せるところなら別にどこでもいいのだけれど、誰でも入れて、お金がいらなくて、何時間いても怪しまれない場所なんて、公園くらいしか思いつかない。

黄色い月が映る水面をぼんやり眺めていたとき、急にガサッという聞き慣れない音がした。

人の気配に全く気づいていなかったので本当にびっくりして、息が止まるかと思った。もしかして不審者かと思い、緊張でびくびくしながら振り向く。

遊歩道の真ん中、少し離れたところに、人が立っていた。すらりと背の高い、でも猫背の、若い男の人。

弱々しい外灯の光に照らされたその顔に目を凝らすと、すぐに分かった。仁科さんだ。たぶん私と同じくらい、彼も驚いた表情をしている。

「……こんばんは」

数秒ほど固まっていた仁科さんが、控えめな声で静かに言った。

「あ、こんばんは」

反射的に答えた私の声は、情けなくかすれていた。

仁科さんは腰を屈めて地面に落ちているコンビニの袋のようなものを拾い上げ、申し訳なさそうな顔で言う。

「驚かせてしまって、すみませんでした。まさかここであなたにお会いするとは思わず、びっくりして落としてしまいました」

「……こちらこそ、びっくりさせちゃって、すみません」

そう答えたものの、まだ心臓はばくばくしていた。セーラー服の襟元を握りしめ、深呼吸をして気持ちを落ち着かせる。カナリア以外で仁科さんを見るのは初めてだった。頭が真っ白になって、何を言えばいいのか分からない。

しばらく沈黙が流れた。

「どうしてこんな時間に、こんなところに？」

仁科さんの言葉に、ちらりと腕時計を見てみると22時すぎだった。確かに高校生がひとりで公園にいるのは、不自然な時間だった。

「……夜の公園が、好きなので」

とっさに思いついて答えると、彼はじっと私を見つめたあと、「なるほど」と微笑んだ。

「僕も、深夜の公園は、好きです」

自分でも褒められた行動ではないと自覚していたので、仁科さんの言葉に肩の力が一気に抜けた。

「静かなようで静かではないところが、いいですね」

そう言ったきり、仁科さんは池のほうに目をやり、何かを考え込むようにじっと動かなくなった。彼がそれ以上事情を聞いたりしてこないことにほっとする。

「……隣、失礼してもいいですか」

しばらくして仁科さんは、ふとこちらを振り向いてそう訊ねてきた。少し硬い表情をしている。

私は反射的にこくりと頷いたものの、同じベンチに座るのかと思って妙に落ち着かなくなる。とりあえず荷物をどけようとしていたら、視界の端っこで仁科さんが隣のベンチに腰かけるのが見えた。

なんだ、そっちか、と拍子抜けしたような、がっかりしたような、自分でもよく分からない気分だった。思わず横目で観察すると、足が長いので、ベンチの高さと合わずにもて余しているように見える。座り心地が悪そうだった。

いつも店で斜め後ろから見ている人が、真横にいる。自分と同じ向きに座り、同じ高さの視線で、同じ方向を見ている。それがなんだか慣れなくて、落ち着かない。じっとしていられなくて、意味もなく座り直したり、髪を触ってみたりする。昼間ずっとグラウンドにいたから、砂が入り込んでいてぎしぎしした。

「この公園には、よく来るんですか」

黙って池のあたりを見ていた仁科さんが、ふと口を開いた。

嘘をついても仕方がないので、正直に頷く。

「バイトがある日は必ず、来てます」

そう答えてから、慌てて付け足す。

「……あ、雨が降ってたりしたら、さすがにすぐ帰りますけど」

「なるほど」

今度は仁科さんが頷いた。

なるほど、というのは彼の口癖のようだ。仁科さんに「なるほど」と言われると、ちゃんと話を聞いてくれていて、理解して受け入れようとしてくれているんだな、と感じてほっとする。

私の口癖は、たぶん「別に」だ。つい口に出してしまっている。「別にいいです、気にしないで」という意味で言うことが多いのだけれど、場合によっては相手を嫌な気分にしているかもしれない。

仁科さんが足を組んで、その上に腕をのせるのが視界の端に見えた。袋の中から何かをふたつ取り出し、そのうちのひとつをこちらに差し出す。

「コーヒー、飲めますか」

「えっ」

見ると、彼が手にしているのは缶コーヒーだった。

「すみません、コーヒーしか買っていなくて……。しかもブラックなんですけど、もし苦手じゃなければどうぞ」

「あ、はい……いいんですか。すみません」

いや、これはもしかして、社交辞令というやつなのでは。断るのが当然なのでは。

一瞬そんな考えが頭をよぎって、「やっぱりいいです」と言おうと思ったとき、仁科さんが「よかった」と笑ったので、私の中の焦りや不安はすぐに消えた。

「いつもあなたには、コーヒーを出してもらってばかりなので……」

それは仁科さんがお客さんで、私が店員なのだから当然で、そんな気を遣ってもらうようなことでは。そう口にする前に、彼は缶のタブを引き起こして「どうぞ」と私に手渡した。

「熱いので、お気をつけて」

「あ、はい、ありがとうございます」

ひんやりとした夜風に吹かれながら手にするホットの缶コーヒーは、とてもとても優しい感じがした。なんとなく、飲む前に一度、両手でぎゅうっと握りしめて、胸に抱くようにして押し当ててみる。目を閉じて、深く呼吸する。肌だけでなく心まで、じんわりと温まるような気がした。

ふと目を上げると、仁科さんが妙に真剣な顔で私を見ていた。それから、まるで何かを思い出そうとするように斜め上を見る。

私はコーヒーを一口飲んで、まだ夜空を見上げている仁科さんに小さく声をかけた。

「……美味しいです」

彼ははっとしたように目線を戻し、微笑んだ。

「それはよかったです」

それきり彼も私も何もしゃべらなかった。まるでお互いひとりでいるみたいに、ただそれぞれベンチに座って月を見ていた。

私はときどき仁科さんを見た。カナリアで見る姿とは少し違って、夜の公園にいる彼は、なんとなく、道に迷った幼い子どもみたいに途方に暮れているように見えた。どうしてそんなふうに思ったのか、自分でもよく分からなかったけれど。

水面に映る月が少し小さく、白くなったころ、私は「そろそろ」と腰を上げた。

「失礼します。ごちそうさまでした」

「はい。お気をつけて」

缶コーヒーを持ったままの仁科さんは、まだしばらく公園にいるつもりのようだった。

家に帰って洗濯物をたたみながら、仁科さんはどうしてあの公園に来たのだろう、と思った。買い物帰りに散歩をしていたとか、待ち合わせまで時間を潰していたとか。もしよく行く公園だとしたら、また会うこともあるかもしれない。

その日はなぜか真夜中に目が覚めることも、くらげの大群がやってくることもなかった。

いつもの儀式やおまじないをすることもなかった。

久しぶりに朝までぐっすりと眠れた。

3章　たったひとつの宝物

◇

16時10分前に教室に向かうと、廊下にふたつの椅子が置かれていた。

奥のほうに腰を下ろし、俯《うつむ》いて上履きのつま先を見つめながら、ぼんやりと待つ。

しばらくすると、廊下の向こうからぺたぺたと足音が聞こえてきた。無意識にそちらを見ると、スーツ姿の四十代くらいの女の人がこちらへ歩いてくる。

ふたつ隣の教室で足を止め、私と同じように廊下の椅子に座って単語帳のようなものを開いていた女子に声をかけた。ふたりは顔を寄せ合って何か話をしていたけれど、声を落としているので内容は聞こえない。笑みを浮かべているから、何か楽しい話をしているんだろうな、と思う。

私は彼女たちから目を逸《そ》らし、反対側の廊下に目を向ける。

いつも生徒たちで溢《あふ》れ返っている校舎も、今はほとんど人がいないので驚くほど静かで、温度まで下がっている気がするから不思議だ。誰もいない場所は、どうしてこんなに寒々しい感じがするのだろう。人がいると、吐き出す息で空気が暖まったりするのだろうか。

三日前、夜の公園で、仁科さんと一緒にいたときの沈黙は冷たくなかったな、とふいに思い出す。

公園で会ったあと、店で顔を合わせたとき、彼のほうから「昨日はどうも」と声をかけてくれた。高校生のくせにあんな時間に外にいたから、変なふうに思われたんじゃないかなと不安だったけれど、仁科さんはいつものように微笑んでくれたので、安心した。

その夜、もしかしたら今日も公園に来るかも、と思っていたけれど、彼は来なかった。昨日も来なかった。あの日はきっとたまたま公園を通りかかっただけだろうから、来なくても当然なのだけれど、なんとなく、つまらないなと思った。

突然、さっきの母娘がくすくす笑い合う声が聞こえてきた。我慢しているのに抑えきれない、という感じで。高校生の娘と母親って、どんな話をするんだろう。私には想像もつかない。

もしもお母さんがここにいたら、私はどんな話をしたいかな。

急に酸素が薄くなったように、うまく呼吸ができなくなった。息が苦しい。

胸の空洞が風船みたいに膨れていくような気がして、ぎゅうっとつねる。

何回か息を吸って、吐いて、右手を握りしめる。隣の空っぽの椅子を、こんこんこんと小さく叩く。

目を閉じて、また深呼吸をする。

教室のドアが開く音がした。

「先生、ありがとうございました、失礼いたします」

教室から出てきた女の人が、中に向かって丁寧に頭を下げる。一緒に出てきたジャージ姿の男子がそのまま行こうとすると、彼の母親らしい女の人は「こらっ、ちゃんと先生にご挨拶しなさい」と言った。男子は嫌そうな顔をして、小さく会釈をして足早に廊下を歩き出した。母親は小さく溜め息をつき、「本当にすみません」と苦笑いしながら教室の中に向かって一礼して、男子のあとを追いかけていく。

彼はちらりと振り向いて、少しスピードを落とした。母親と横並びで歩き、一言二言話したあと、手を振って体育館のほうに歩いていく。部活動に戻るのだろう。母親はその背中をしばらく見つめたあと、反対方向に歩き出した。

まだ空っぽのままの隣の椅子を、無意識のうちにまたノックしていた。

誰かを呼ぶように。呼ぶ相手もいないのに。

「白川さん、お待たせしました。どうぞ中へ……あれっ」

声とともにドアを開けて顔を覗かせた中野《なかの》先生が、私のほうを見て目を丸くした。

「白川。お母さん、まだか？」

また、息が苦しくなる。でも、人に見られているときはいつものおまじないができない。『秘密のおまじない』だから、誰かに知られたら効き目がなくなってしまうような気が、なんとなくするのだ。

なんとか呼吸を整えて、それでもかすれる声で答える。

「……母は、いません。ひとりで大丈夫です」

「えっ？」

ぽかんとしている先生の脇をすり抜けて、「失礼します」と教室の中に入る。

四つの机がくっつけて並べられていて、向こう側に先生用の椅子がひとつ、こちら側に椅子がふたつと、三人分の席が用意されていた。当然だ、今日は『三者面談』なのだから。

でも、生徒側がひとりの場合、どちらの席に座ればいいのだろう。まあどっちでもいいか、と左の椅子の背もたれに手をかける。

怪訝《けげん》そうな顔で斜向《はすむ》かいに座った中野先生が、机の上に置かれている書類に目を落とし、「あ」と声を上げた。それから気まずそうな顔で私を見る。

「すまん、白川の家はお父さんだけだったな」

「……はい」

「シングルのご家庭なのは覚えてたんだが、てっきりお母さんだと……。父子家庭は珍しいからなあ。すまなかった」

「……いえ、別に」

小さく呟いて頷く。

空洞が、またどんどん膨れていく。膨れすぎて圧迫されているみたいに、胸の奥のほうが苦しくなる。ずきずきと痛む。何か、抜けない棘《とげ》のような何かが、心の奥深くに刺さっている。

先生は「大変だなあ、白川も」と言いながら、何かを確認するように書類をめくっている。

「お母さんは、いつごろ？　ご病気か何かか？」

一瞬、またこの質問か、と思って動きを止めてしまったけれど、すぐに「いいえ」と呟いて答える。

「……離婚です。小学生のとき」

先生がはっとしたように顔を上げた。

「ああ、そうだったのか。それはすまん……」

「いえ、別に。慣れてるので」

よくある勘違いだった。今まで何度も、お父さんとふたり暮らしをしていると伝えると、同じことを言われてきた。

母子家庭ならたいてい離婚と思われるらしいのに、父子家庭だと母親が病気や事故で死んだと思われるのだ。

なんでかな、と初めは分からなかったけれど、しばらくして気がついた。『離婚したら子どもは母親が引き取るもの、母親が自ら我が子を手離すはずがない』というのが世間的には常識なのだ。

でも、私のお母さんは、私を置いて家を出ていった。

『ええっ、お母さん出ていっちゃったの？　可哀想！　私なら耐えられない！』

両親が離婚して、お母さんが出ていったと知ったクラスメイトにそう言われた。親の話題が出ると、今でもしょっちゅう思い出す言葉。思い出すつもりなんてないのに、勝手に甦《よみがえ》ってくる。

たぶん、私に純粋に同情して、憐《あわ》れんでくれたのだと思う。

でも、『私はお母さんのことが大好きだから耐えられない。あなたは耐えられるってことはそれほど好きじゃなかったんだね』と言われたような気がした。

違う、私はお母さんのことが大好きだった、と言い返したい気持ちと、だからお母さんは私を平気で置いていったのかな、という気持ちが交互にやってきて、何も答えられなかった。

それ以来、『私なら耐えられない』という言葉を耳にするたびに、ひっかかるようになった。

たとえば、誰かの命が奪われた事件について、『大事な家族を殺されたら、私なら絶対に耐えられない、自分が犯罪者になってもいいから復讐する』というような。言った側からしたら、『あなたはそれほどつらい目に遭って気の毒ですね』と寄り添っているつもりなのかもしれないけれど、言われた側はどんな気持ちだろう。『普通なら耐えられないようなことに耐えて素晴らしい』と賞賛されていると感じるのか、それとも『あなたには怒りや悲しみが足りない』と責められているように感じるのか。どちらかは分からないけれど。

「それにしてもお父さん、遅いなあ。何か連絡とか来てないか？」

先生に突然訊ねられて、私はやっと気がついた。先生がなかなか面談を進めないのは、お父さんが遅れてくると思って、家族の話で間を持たせていたのだ。

私は「すいません」と呟いて、続ける。

「父は来ません」

「えっ？」

先生が啞然《あぜん》としたように口を半開きにしている。

「あの、仕事が忙しいので、来れないんです」

「え、えー……そうか」

どこか納得できないような表情で言われ、いたたまれなくなって俯く。

三者面談の日程についてメモを残しておいた翌日、バイトから帰ってきたら、『今月は工場のシフトがもう決まっていて休めないかもしれない、他の日程はないのか』というお父さんからの返事が残されていた。面談の希望日時は決められた中から選ぶことになっていたので、しょうがないから私だけで受けようと思ったのだ。

「お父さん、いつなら来られるって？」

先生に訊ねられて、私は「え」と顔を上げる。

「え……私だけじゃだめなんですか」

「だめに決まってるだろ」

と呆《あき》れたように言われてしまった。

「でも……私はひとりで大丈夫です」

「いや、そういうことじゃなくてな……。いいか、白川。今回の面談は成績だけじゃなくて進路の話がメインだから、保護者に同席してもらわないわけにはいかないんだ。

進路っていうのは人生の一大事で、お金を出してくれるのは親だし、子どもが自分だけで決められることじゃないだろう」

私は何も言えずにじわじわとまた俯く。

「だから、とにかくお父さんに来てもらわないと話にならないんだよ。いつごろなら都合がつくか訊いておいてくれ。お父さんの予定に合わせて先生も時間作るようにするから」

「…………」

「そういうことだから、今日の面談はなし。もう帰っていいぞ」

「……はい」

仕方なく頷いたものの、憂鬱《ゆううつ》だった。

どうして面談って平日しかできないんだろう。そりゃ先生からしたら土日にやるのは大変だろうけど、私のためにお父さんに無理して仕事を休んでもらうことになるのは気が重かった。それに、お父さんにとっては私の進路なんてどうでもいいことなのに、学校にまで呼び出されるのは、きっと迷惑でしかない。

◇

いつもより一時間遅い17時半にタイムカードを押し、ホールに入る。

バイトに行けば気持ちが通常運転に戻るかなと思っていたけれど、先生との面談や、クラスメイトからかけられた昔の言葉がふとした瞬間に甦って、意識が勝手にそちらへ飛んでしまい、仕事に集中できずにいた。

とにかく無心になれることをしたいと思っていたら、ちょうどキッチンで食洗機がピピピピッと鳴った。洗浄が終わった合図だ。

ドアを開けると、白い湯気がぶわっと出てくる。洗い立ての食器は、触ると火傷《やけど》しそうに熱い。冷水で指を冷やしてから、グラスをつかんで取り出し、食器用のタオルで拭く。乾いたらひとつずつ食器棚にしまっていく。

「おーい更紗ちゃん、今ちょっといい？」

黙々と手を動かしていたら、北岡さんが満面の笑みで声をかけてきた。

「はい、なんですか」

「今度の定休日にさあ、花村さんたちとみんなで遊びに行こうって言ってるんだけど、更紗ちゃんもどう？」

「え……」

てっきり仕事の話だと思って作業の手を止めたら、思いも寄らない誘いが飛んできた。驚きのあまり、すぐには反応できなくて、じっと北岡さんの顔を見ていると、彼は少し困ったように頭を掻《か》いた。

「いや、ごめん、急には無理だよな。バイトと勉強の両立で忙しいもんな」

言葉が出なかったのがいけないのか、表情がいけないのか。断るつもりだと思われてしまった。

「えぇー、更紗ちゃん来ないの？　一緒に遊んでみたかったのにな」

花村さんが北岡さんの後ろからひょこっと顔を出した。

「いえ、あの……」

「もし都合ついたら来てね」

「あ……はい」

私みたいな人間は、どうせ退屈させるか空気を悪くしてしまうだけだから、みんなで遊びに行くようなことには誘われないと思っていた。どう伝えればいいか分からず、視線を泳がせていると、耳に飛び込んできた単語。

「遊園地にね、行こうって話してたんだー」

「え」

思わず息を呑んだ。

「……遊園地」

「そうそう。夜に他のバイトしてる人もいるから近場だけどね。ほら、知らない？　隣の市にある遊園地」

花村さんは笑顔でしゃべり続ける。

「あんまり大きいとこじゃないけど、アトラクションはひと通りそろってるし、最近は食べ物の屋台に力入れてるらしくて……」

彼女の明るい声が、右から左へ通過していく。

ぼんやりとした頭の中で、あの日の記憶が甦る。

動かなくなったメリーゴーラウンドや観覧車、ひとつまたひとつと消えていくイルミネーション。人が消え、死んだ街のように静まり返って、どんどん暗くなっていく園内。

捜しても捜しても見つからない、世界にたったひとつの宝物。

ぎゅうっと胸が苦しくなる。

「……ごめんなさい、行けません」

私は俯いてそう言い、そのままの姿勢でグラス拭きを再開した。

花村さんと北岡さんが不思議そうに顔を見合わせているのが視界の片隅に映っていたけれど、私はそれ以上何も言えなかった。うまくごまかす言葉さえ思いつかない。ふたりの視線にいたたまれなくなって、店内の様子を確認するふりをして姿勢を変えた。

いつものカウンター席に、いつもの姿がある。変わらない様子に、なぜか妙に安心した。

仁科さん。なぜか、無意識に心の中で呼びかけてしまう。

今日はバイトの入りが遅かったから、私が来たときにはすでに彼はアイスコーヒーを飲みながら仕事をしていた。追加のドリンクの注文も北岡さんが受けたので、今日は一度も仁科さんと話していなかった。

ほっそりとした背中を眺めながら、私はグラスを拭く。

彼は今日も頬杖をついてパソコンの画面を見つめている。時々わきに置いたノートに目を落とし、ページをぱらぱらとめくり、また画面に視線を戻す。

少し猫背の後ろ姿が、窓から射し込む夕陽に照らし出されていた。

◇

バイトが終わると、コンビニでおにぎりを買い、今日もまた月池公園に行く。

ベンチに座り、池の水面を見つめながら、包装フィルムをぱりぱりと剝がす。

ツナマヨのおにぎりを一口かじって、ゆっくりと嚙《か》む。飲み込んだあと、「疲れた」という小さな呟きが唇からこぼれ落ちた。

同じことを繰り返す毎日なので、疲れたと思うことはあまりない。でも今日みたいにいつもと違うことが起こると、どっと疲れて調子が狂ったりする。

三者面談、どうしようかな。お父さんと相談しないといけないけれど、メモで書くとうまく伝えられない気がするし、かといって電話をするわけにもいかない。

お父さんの携帯電話の番号はもちろん知っているけれど、かけたことはない。お父さんが家にいて起きている時間は私が学校やバイトに行っているし、私が電話できる時間はお父さんが勤務中だ。仕事の邪魔をするわけにはいかないので、よほどの急用でもない限り電話することはないと思う。

ふう、と息を吐いて顔を上げる。

池の周りには、今日も数人、散歩やジョギングをする人たちがいた。彼らの服や靴についている反射材や、身につけているライトが、遊歩道をゆらゆらと揺れながら動いていく。その光が夜色の水面に映り込み、ゆっくりと落ちていく流れ星のように見えた。

いつもの光景に、波立っていた心が落ち着いていく。さらさらと木々を揺らす風の音が耳に心地いい。

仁科さん来るかな、とはさすがに今日は思わなかった。

だから、突然うしろから「こんばんは」と聞こえてきたときは心底驚いて、肩を震わせてしまった。

「あ……こんばんは」

どきどきしながら会釈をしてそう言うと、仁科さんも頭を下げて言った。

「またお邪魔してしまってすみません」

「いえ、邪魔なんて……」

まだ動揺が続いていて、うまく言葉が出てこない。

「……隣、失礼してもいいですか」

仁科さんは今日も丁寧に訊ねてきた。公共の場なのだから、私に了解をとる必要なんてないのに。

「あ、もちろん……どうぞ」

彼は微笑んで「ありがとうございます」と隣のベンチに腰を下ろした。

何か話したほうがいいかなと思うけれど、予想外の事態に戸惑って頭がうまく回らなかった。

彼は黙って池のほうを見ていたけれど、しばらくしてから、手に持っていたコンビニのレジ袋の中から何かを取り出した。

「どちらがお好みですか」

「え……」

仁科さんがこちらに見せてきたのは、ドリンクの缶がふたつ。目を凝らして見てみると、ブラックコーヒーとカフェオレだった。

「あなたくらいの年だと、ブラックよりも甘いもののほうが好きかもしれないと思いまして。先に聞いておけばよかったんですが、すっかり失念していました」

わざわざ私の分も買ってきてくれたことに驚いたのと嬉しかったのと、この前に続いてまたおごってもらうことが申し訳ないのとで、妙に焦ってしまう。

「あ、すみません、また……いいんですか。ええと、確かにカフェオレのほうが、飲みやすいかも……。でも、申し訳ないので、お金は払います」

するとと彼は「いやいや」と笑って首を振った。

「僕が勝手にしていることですから」

「……じゃあ、ありがとうございます」

受け取った温かいカフェオレを、胸に抱く。今日一日で大きく膨れ上がった空洞が、しゅるしゅると萎《しぼ》んでいく気がした。

「甘くて美味しいです」

「それはよかった。メーカーさんに感謝ですね」

「はい。仁科さんにも感謝です」

「それはどうも」

彼はおかしそうに笑って少し首を傾けた。

それきり会話をすることもなく、水面や空や草木や遊歩道を眺めながら、ときどき思い出したようにカフェオレを飲む。

しばらくして、ふいに仁科さんが言った。

「あの、さらささん」

「……えっ」

私は驚きのあまり思わず大きな声を上げてしまった。仁科さんが、私の名前を呼んだ。

まさか彼の口から自分の名前が出るとは思わなかったので、ぽかんとしてしまう。

すると、仁科さんは申し訳なさそうに「あ、ごめんなさい」と謝ってきた。

「他の店員さんに呼ばれているのを聞いて、お名前を知って」

「あ、そうですよね……」

「それで、自分の中で勝手にさらささんと呼んでいました。……もしかして気を悪くさせてしまいましたか。すみません」

まさか謝らせてしまうとは考えもしなくて、ついさっきの自分の反応を心から後悔した。

「いえ、そんなことないです、全然いいんです……すみません、ええと、びっくりしただけで」

「そうでしたか……よかった」

彼はほっとしたように胸を撫《な》で下ろす仕草をした。

「……あの、『さらささん』って、呼びにくくないですか。名字、白川なので、そっちで大丈夫です……」

よく学校の先生が『白川更紗さん』と呼ぶときに引っかかるので、心配になってそう言ったのだけれど、仁科さんは「いえ」と微笑んだ。

なぜかきゅっと胸の奥が苦しくなった。反射的に、半分ほどに減ったカフェオレの缶を、両手で握りしめる。

私の様子をじっと見ていた仁科さんが、鞄の中からノートとペンを取り出し、何かを書き始めた。

不思議に思って見ていると、

「あなたのお名前は、こういう字を書きますか」

渡されたメモを受け取り見てみると、『更紗』と書かれていた。

とても綺麗な字だった。線が柔らかくて繊細で、彼のイメージそのものだ。

「はい、そうです」

「素敵なお名前ですね」

仁科さんがにこりと笑って言った。

「……ありがとうございます」

この名前は、お母さんがつけてくれた、唯一、私に残していってくれたものだ。お母さんが私のお母さんだということの、私が持っているたったひとつの証《あかし》だ。

それを、素敵だと言ってくれた。私が今どれだけ喜んでいるか、きっと彼は知らないだろう。

「更紗を、見たことがありますか？」

唐突に、仁科さんが言った。

私は「え？」と首を傾《かし》げる。質問の意味が分からなかった。

私の戸惑いを察したのか、彼は「すみません」と眉を下げて笑い、言い直してくれた。

「更紗という布を、見たことがありますか」

私は目を丸くして彼を見つめ返した。

「え……布？　更紗っていう布が、あるんですか？」

彼が「ありますよ」と頷いた。

「あなたの名前は、そこから来たのかなと思って訊いたんですが、違ったのかな。紛らわしいことを言ってすみません」

「いえ……名前の由来、聞いたことがなくて」

そういう話をする前に、お母さんは姿を消してしまった。お母さんが出ていってからお父さんは夜勤になり、会話をすることすらほとんどなくなったので、お父さんからも聞いたことがない。

せっかく小さくなった空洞が、また膨らんできそうになったので、私は小さく頭を振って仁科さんに向き直った。

「どんな布なんですか？」

「僕も以前、博物館に展示されているものを見たことがあるだけで、あまり詳しくはないんですが」

と前置きをして、仁科さんがゆったりとした口調で説明を始めた。

「更紗というのは、インドから世界に広まった木綿の染めもののことを言うそうです。とても色鮮やかな模様染めです。僕が見たものは、赤や藍《あい》色がメインで、他にもいろんな色を使って、花や鳥の模様が手描きで染められていました。型を使って染める手法もあるそうです。とにかくとても細かくて、とてもカラフルで、はっとするほど綺麗でしたよ」

ちょっと見てみますか、と彼がスマホを取り出す。画面が点灯して、あたりがぱっと明るくなった。彼の頭の上で、木の葉が明るい緑色に光る。しばらく画面をスクロールしていた仁科さんが、「あった」と呟いてスマホをこちらに向けてくれた。

「えっ、これ、手描きなんですか？　めっちゃ細かい……」

ぱっと目についたのは、真っ赤な生地に色々な植物や動物が描かれ、黒や黄色で着色されているものだった。他にも濃い青にたくさんの人が描かれているものもある。きっと手間を惜しまず、たくさんの時間をかけて、とても丁寧に作られている布なのだろうと、見ただけで分かった。

「綺麗でしょう」

仁科さんが穏やかに微笑んで、静かに言った。

「いい名前を、つけてもらいましたね」

ぐっと喉の奥が苦しくなる。唇を噛みしめてなんとか堪《こら》え、こくこくと頷いた。

「……はい」

お母さんは『更紗』を知っていたのだろうか。知っていたとしたら、どうして私にこの綺麗な布の名前をつけることにしたのだろうか。いつか私はその理由を知ることができるだろうか。

答えのない問いで、頭の中がいっぱいだった。気持ちを落ち着かせるためにゆっくりと深呼吸をする。

少しずつ口に運んでいたカフェオレがなくなったころ、

「そろそろ帰りましょうか」

ふいに彼が口を開いた。

「あまり遅くなると、親御さんが心配されませんか」

また、胸の中の空洞が広がる。ぽっかりと広く、冷たい部屋が頭に浮かんで、一瞬、息をするのを忘れた。

帰ったら、仁科さんと別れたら、また家にひとりだ。

「……いえ、誰も、いないので」

あまり深刻に聞こえないように、そんなことは気にしていないと伝わるように、なんとか口角を上げて答えた。

仁科さんが目を見開いて、遠慮がちに訊ねた。

「ひとり暮らしを、しているんですか？」

私は「あ、いえ」と手を振った。

「父とふたりなんですけど、夜勤の仕事なので……」

「ああ、なるほど……そうですか」

彼は静かに頷き、口許《くちもと》に手を当てて、何かを考え込むように押し黙った。

夜風に彼の髪がふわふわと揺れる。長い前髪の下から、綺麗な二重瞼《まぶた》の目が現れた。

しばらくして、彼は囁くような声で言った。

「もし差し支えなければ、答えてくれると嬉しいんですが」

はい、と私は頷く。

「更紗さんは、もしかして、家に帰りたくなくて、夜の公園にいるんですか」

今まで私のことを何も訊いてこなかった仁科さんが、いきなり直球の質問をしてきたので、驚いた。

どう答えようか迷って、結局「はい」と、無意識に俯いてしまった。

「そうですか」

「はい」

声が妙に震えて、自分のものではないみたいだった。

「……帰りたくない、というか、家にいると時間が経つのがすごく遅くて、だから、ええと……」

うまく説明できなくてまごついている私に、彼はゆっくりと頷きかける。

「うん……それは、とても、つらいですね」

そう言った仁科さんの声があまりにも優しくて、思いやりに満ちていて、私の気持ちに寄り添おうとしてくれているのが分かって。

その瞬間、ぱっと頭の中の霧が晴れたような気がした。

そうか、私、つらかったんだ。

胸の中の空洞が何なのか、今まで私は知らなかった。だから、つらいなんて思わなかった。

ただ空洞を抱えたまま淡々と毎日を過ごしていたから、仁科さんの言葉で初めて私は、自分の本音に気がついた。きっと私の空洞は、寂しさという言葉で言い表すのがいちばん正解に近いのだろう。

私は、すごく、寂しかった。ずっとずっと寂しかった。正体不明だった感情に名前がついたことで、空洞が少しだけ、怖くはなくなった気がする。

お母さんが私を置いていったのがつらかった。誰もいない家、お父さんも帰ってこない、静かすぎる家にひとりでいるのが、つらかったんだ。

涙があふれてきそうだった。でも、なんとか堪える。私はもう、昔みたいに泣き虫な子どもではないから、溢れそうなものを飲み下す方法を知っている。

制服の胸元をぐっと握りしめて、ふうっと息を吐き出した。

仁科さんはそれ以上何も言わず、ただずっと隣にいてくれた。

とても静かだった。でも、苦しい静けさではなかった。

4章　僕らを包む雨の音

◇

わたあめのかたまりみたいな雲があちこちに浮かぶ空の下を、自転車で走り抜ける。

先週梅雨入りしてからずっとぐずついた天気が続いていたので、貴重な晴れ間だった。雨の中を自転車で出かけるとなるとレインコートを着ないといけないけれど、蒸し暑くて大変なので、今のところ降っていなくて助かった。

久しぶりの青空に、のんびりと走りたい気持ちが込み上げてくる。でも、布団を干してあるから急がなきゃ、とペダルを漕《こ》ぐ足に力を込めた。

青南駅に近づくにつれて通りには歩行者が増えてくるので、自転車を降りて押して歩く。

カナリアがある北口とは反対側の南口は、この街でいちばん賑やかな地区だった。駅前広場の西側には昔ながらの商店街があり、東側には大型スーパーやコンビニ、定食屋やカフェ、居酒屋などが建ち並んでいて、今日もたくさんの人たちが買い物をしたり食事をしたりしていた。

毎週土曜日の午前中、私は一週間分の食材と足りなくなった生活用品の買い出しのために南口にやってくる。商店街には八百屋さんや肉屋さんがあるけれど、お店の人が親しげに声をかけてくれてもうまく答えられなくて申し訳なくなるから苦手だった。スーパーのほうが食材から洗剤まで一気に買いそろえられるので、便利だ。

だいたい買うものはいつも同じなので、何も考えなくても身体が勝手に動いて買い物かごの中に商品がたまっていく。野菜、豆腐や納豆、卵に牛乳、お肉やお魚、調味料、トイレットペーパーやシャンプー。10分ほどで買い物を終えて、店を出た。

ふたり分なので大した量ではないけれど、さすがにまとめ買いをするとずっしり重く、エコバッグの紐が肩に食い込んでくる。特に今日はサラダ油や醤油を買ったので、駐輪場に向かう途中で重さに耐え切れなくなった。ふう、と息を吐いて足を止め、一度バッグを肩から下ろして休憩をする。

　そのとき後ろから、聞き覚えのある声がした。

　振り向くと、カラオケ店に入っていく集団がいた。いちばん手前にいた男女ふたりの横顔を見てすぐに、クラスメイトの加藤さんと安井くんだと気がつく。よく見ると他にも同じクラスの人たちがいた。みんなで遊びに来ているのだろう。

　南口にはゲームセンターやカラオケがあるので、中学のころから周りの生徒たちは週末になるとよくこのあたりで集合して遊んでいた。

　こちらに気づかれる前に私はさっと視線を逸らして彼らに背を向け、荷物を抱え直して駐輪場へと向かった。

　前かごにトイレットペーパーを入れ、荷台にエコバッグをくくりつけて、帰り道をひた走る。気がついたらサドルから腰を上げて立ち漕ぎをしていた。

　ふと見ると、遥か向こうの空が濃い灰色の雲で覆われている。午前中はよく晴れるけれど夕方から雨になるという天気予報は当たるのかもしれない。バイトに行くときは傘とレインコートを忘れないようにしないと。

　家に帰ったら、買ってきたものを冷蔵庫や食品棚や物置きに片付けて、料理の下ごしらえを始める。

鶏肉や豚肉、魚の切り身は一回分の量に小分けして、今日明日で使う分は冷蔵庫のチルドケースの中へ、それ以降に使う予定のものは冷凍室へ入れておく。余裕があれば下味もつけておく。野菜は洗って皮を剝いて水気を拭き取り、必要な大きさに切り分けてから、葉物野菜は野菜室へ、根菜は冷凍室に入れる。先にカットしておけば、平日の料理が格段に楽になる。日持ちしなくなるので冷凍できないものは早く使わないといけないけれど。

料理は大変でも苦手ではない。お母さんが家を出てから、毎日一食分とお弁当だけだけれど、作っているときは頭が空っぽになり、心が澄んでいく感じがする。

玉ねぎの半分をみじん切り、残り半分をくし切りにしていると、寝室から大きないびきが聞こえてきた。それからちょっと咳《せ》き込む声がして、またいびきが始まる。

リビングのテーブルを見ると、私が買い物に行っている間に飲んだらしいお酒の缶や瓶が転がっていた。酔っ払って寝た日はいつもいびきが大きくなるのだ。

仕事が大変で疲れているのなら早く布団に入って寝ればいいのにと思うけれど、すっかり明るくなってから帰宅するので陽射しの中で眠らなくてはならず、特に忙しかった日は疲れすぎて寝つきが悪くお酒を飲みたくなるらしい。少なくとも、お酒を飲んだ日のお父さんは普段よりずっと大きないびきをかいているから、ちゃんと身体を休められていないんじゃないか、と心配になる。

土日はお父さんと顔を合わせる数少ない日だけれど、会話はほとんどない。土曜日は私が家を出る少し前に帰ってきて、疲れた顔でお風呂に入り、そのあともぼんやりとテレビを見ていることが多いので話しかけるのは遠慮していた。

私が買い物に行っている間にお父さんは寝ているし、私はそのままバイトに行くので、結局あまり話はしない。夜にバイトから帰ってきたあと私が寝るまでの間も、1時間くらいは一緒にリビングにいて、たまに学校の連絡をしたり、お父さんが何か話しかけてきたりするけれど、私はいつもうまく会話をつなぐことができない。お父さんも口数が多いほうではないので、結局ただテレビをふたりでぼんやり眺めるだけの、なんとなく居心地の悪い時間が過ぎていく。日曜日も似たようなものだった。

お父さんのいびきを聞きながら下ごしらえを終えて、布団を取り込んで洗濯物をベランダに干す。作り置きのカレーで簡単に昼食を済ませ、昼過ぎに家を出てカナリアに向かった。

◇

久しぶりに雨が止んだ週末だからか、店にはたくさんのお客さんが来ていた。

ずっと仕事が途切れない状態でばたばた動き回っていたので、仁科さんが来たことにもしばらく気づかなかった。彼の隣に座った新しいお客さんに水とおしぼりを運んだとき、少し目が合った。軽く会釈をしてくれたので、私もぺこりと頭を下げる。

きっと私たちは、今日も夜の公園で一緒に過ごすだろう。いつの間にかその時間が私の毎日のスケジュールに加わっていた。

初めて月池公園で会ったあの日から、たびたび彼は姿を現し、私たちは隣り合ったベンチで景色を眺めながらぽつぽつ言葉を交わすようになった。

仁科さんはいつも、私のとりとめのない下手くそなおしゃべりを、急かすことなくゆっくりと聞いてくれる。彼と話しているときは不思議と、いつものように言葉に迷ったり、口に出した言葉を悔やんだりすることもなかった。普段のように緊張しないのはどうしてだろう。仁科さんが話しやすい人だからだろうか。

一度、どうしてここに来るんですかと訊いたら、彼は少し照れたような微笑みを浮かべて答えた。

「実は僕も事情があって、長すぎる夜を毎日もて余していたんです」

事情、という言葉を口にしたとき、その笑顔がなんとなく悲しげに見えた気がして、私はそれ以上何も訊けなかった。

「更紗さんがご迷惑でなければ、僕の時間潰しに付き合ってくれませんか」

予想もしなかった言葉に、私は「はい？」と首を傾げたけれど、すぐに仁科さんは毎晩遅くまでひとりで公園にいる私のことを心配してくれているのだと気がついた。きっと私に気を遣わせないように、自分に付き合ってくれと言ったのだと思う。

「いつも夜を漫然と過ごしていたので、いい暇の潰し方を見つけた、でもひとりでは退屈なので誰か話し相手になってほしいなという、とても利己的な考えで申し訳ないのですが」

『リコテキ』という言葉の意味が分からなくて訊ねると、彼は丁寧に教えてくれた。

「己の利益、と書きます。つまり、自分のことばかり考えて、自分本位な理由で、ということです」

「全然嘘じゃないですか……。私の心配をしてくれてるんですよね」

「いえ、自分本位な行動です。それがたまたま更紗さんの利益になることもあるかもしれませんが」

いくらなんでもその嘘は分かりやすすぎると思ったけれど、仁科さんは念を押すように「自分のためです」と言った。

「あの……大丈夫ですか。仕事に響いたりしませんか。朝が早い日とかもあるんじゃ……」

「いえ、大丈夫です。……仕事柄、時間は融通がきくんです」

仁科さんは穏やかな笑みを崩さず、続けた。

もし、仁科さんが一緒にいてくれたら、私としても退屈しないし、心強いのは確かだった。そうして私たちは、毎晩21時半から23時まで、夜の公園で一緒に過ごすことになったのだった。

バイトの合間にふっと窓の外に目を向ける。遠くの空に浮かぶ雲が淡いオレンジ色に染まっていた。もうすぐ夜が来ると考えたとき、口許が自然に緩むのを自覚する。

いつの間にか、あんなに嫌だった夜の訪れを、どこかで楽しみにしている自分に気づいて、不思議な気持ちになった。

バイトを終えて外に出ると、小雨が降っていた。

コンビニに寄ったあと、傘を差して自転車を押しながら公園に行き、いつものベンチを素通りして、仁科さんの待つ場所へ向かう。梅雨入りしてからは、雨を避けて屋根の下にあるベンチで過ごすことが増えた。柱と屋根だけで作られた、壁のない小屋のようなこの簡素な建物は『東屋』というのだと、彼が教えてくれた。

四角錐《すい》のような形の屋根には苔《こけ》がびっしり生えていて、雨に濡れて緑色に光っている。降り注ぐ雨の粒は細かく、目に映る景色は霧に包まれたように白くぼやけていた。

全身の肌がしっとりと湿っている。

仁科さんは今日も、組んだ足に腕をのせて、少し前屈みになって池を見ていた。笑みもなく黙り込んでいる横顔からは、なんの感情も読み取れない。いつも何を考えているのだろう。

「こんばんは」

声をかけると彼はすぐに振り向き、「こんばんは」と微笑みかけてくれる。ふっと全身の力が抜ける感じがした。

私もベンチに座り、膝に手を置いて池のほうを見る。湿気を含んだぬるい夜風が頬を撫でていく。私たちは、会話をしている時間より、ただ景色を見ている時間のほうがずっと長い。今日もときどき思い出したように口を開くだけで、それ以外のときは霧雨の向こうの夜空をぼんやり眺めている。

彼といるときの静寂は全く苦にならなくて、むしろ心地いいくらいだった。

「――そろそろお開きにしましょうか」

仁科さんの言葉に、ふと腕時計に目を落とすと、すでに23時を回っていた。

早いなあ、と思う。

ひとりの夜はあんなに長いのに、仁科さんと過ごす間はまるで魔法にかけられたみたいに、時の流れがひどく速く感じられるのはどうしてなんだろう。

◇

一日の中で、5時間目がいちばんだるい。

午前中からずっと授業を受けて疲れているし、昼食後すぐだからお腹が満たされているせいで眠いし、目を開けているのがやっとで先生の話なんてほとんど耳に入ってこない。

6時間目ならすぐそこに終わりが見えているから『あと30分、あと20分……』とカウントダウンしているうちにチャイムが鳴り出したりするけれど、5時間目はだめだ、耐えられない。まだ1時間以上も授業が残っているかと思うと、穴の開いた風船みたいに、やる気がしゅるしゅるとしぼんでいく。

ペンを握る手を無意識のうちに止めて窓の外をぼんやり見ていたら、教壇から下りた現代文の山口《やまぐち》先生がプリントを配り始めた。

「これ、なんですかー？」

いちばん前の席に座っている男子が手を挙げて訊ねると、山口先生がにこりと笑って「国語科の夏期課題の一覧です」と答えた。

そういえばもうすぐ夏休みか、と思いつつ前の席から回ってきたプリントに目を落として、心の中でうわっと叫んだ。

読書感想文、四百字詰め原稿用紙三枚。

「三枚目の半分以上は書いてくださいね。つまり千字以上です。無駄な改行が多い場合は書き足してもらいますからねー」

先生はにこにこと言った。

「多すぎー！」

「せんせー、減らしてー！」

クラスメイトたちの悲鳴に、私も同感だった。原稿用紙一枚埋めるのだってつらいのに、千字とか無理無理、絶対無理。

ぎゃあぎゃあ騒ぐ生徒たちに、先生は笑顔のまま追い打ちをかけるように言った。

「あ、ちなみに、だらだらとあらすじを説明しているだけのものも書き足してもらいますから。あらすじは一枚目までにおさめてくださいね」

「最悪！　マジ無理！」

「先生、鬼畜じゃん！」

「はいはい、無理とか言わない！　入試では小論文が課される大学もありますからね。特に推薦やAO入試を考えてる人は覚悟しておいてください。小論文では八百字、千字なんて珍しくもないですよ。これくらいで音を上げてたら大学行けませんよー」

みんなは文句を言いつつも、諦めたようにプリントをファイルに挟み始めた。

周りに聞こえないように深々と溜め息をつく。

私はそもそも読書が好きではない。バイトばかりしていて時間がないというのもあるけれど、本をめったに読まないのだ。

ごくたまに、映画化されて話題になっている本や、教科書にのっている小説の続きが気になったりして、読んでみようかなと思って図書館で借りたりするけれど、結局集中できなくて全然進まないまま期限が来て、半分も読まずに返却することになる。教科書やテスト問題の文章以外で最後まで読みきったものなんて、小学校低学年のころに読んでいた絵本くらいかもしれない。

それなのに本を一冊読んで、その上、千字以上も感想を書かないといけないなんて、考えただけで気が重かった。

はあぁ、とまた溜め息をついて、頬杖をついて窓の外を見る。

七月に入って、景色は一気に夏らしくなってきた。空には大きな入道雲が湧き、木の葉は濃い緑色に染まっている。昨日も今日も雨は降っていない。もうすぐ梅雨は明けるだろう。そしたら本格的に夏だなあ、と思う。

今年は過去最高の暑さになりそうだと、朝のニュースで言っていた。毎年言っているような気がするけれど、温暖化とかいうやつだろうか。

夏は憂鬱だ。暑いし、じめじめするし、嫌なことを思い出してしまうし、生きているだけで疲れる気がする。

ふっと息を吐いて、机につっぷした。

蒸し暑い。汗が滲《にじ》む肌が気持ち悪い。窓から入り込む蟬《せみ》の声が、周囲を飛び交う言葉が、頭の中でぐるぐる回ってうるさい。

夜の公園が恋しかった。涼やかで静かなあの空気の中に、早く身を沈めたい。

学校で授業を受けているときも、バイトをしているときも、気がつけば私の心は夜の公園に飛んでいる。

早く夜にならないかな。少し前の自分では考えられなかった言葉を、心の中で呟いた。

放課後、バイトに向かう前に図書室に立ち寄った。

本を読むのにすごく時間がかかるので、早いうちに読書感想文用の本を借りておこうと思ったのだ。

普段あまり足を踏み入れないので、あまりにもたくさんの本が並んでいる様に圧倒され、私は本棚に囲まれた真ん中で立ちつくしてしまった。当たり前だけれど、タイトルも作者も表紙も、一冊一冊全部違う。

世の中にはこんなにたくさんの本があるのか、と呆然《ぼうぜん》としてしまう。

小中学校でも読書感想文の宿題が出たことはあったけれど、いつも課題図書が決まっていたので、数冊の中からひとつに決めればよかった。

でも今回、課題図書のリストはない。本棚を埋め尽くす本の中から、自分で選ばないといけないのだ。この中からひとつに決めるなんて、私にはできそうになかった。

どうしようと思わず小さく呟き、とりあえず目の前の本棚の中で、いちばん薄い本を手に取ってみた。

表紙のタイトルを見て、知らない作者の名前をじっと見つめてから、何気なく裏返してみるとあらすじが書いてあった。読んでみたけれど、いかにも難しそうな単語が並んでいたので、私には無理だと棚に戻す。

もう一度、どうしようと呟いて、視線を泳がせる。

そのとき、視界の端にこちらを見つめている女子生徒の姿をとらえた。

驚いて目を向けると、クラス委員の竹田さんが立っていた。

「あ……」

「白川さんも、読書感想文の本、探してるの？」

「あ……うん」

まさか話しかけられるとは思っていなかったので、さらに驚きながら頷く。

「よさそうなの、あった？」

今度は首を横に振った。

「……本、全然読まないから、よく分からなくて」

小さく答えると、竹田さんはにこっと笑い、こちらに近寄ってきた。

「じゃあ、短編小説がいいかもね」

彼女は本棚の本を指でなぞるようにして、「これとか」と一冊取り出した。

受け取って、表紙を見てみる。

「ら……せいもん？……かわ、りゅうのすけ」

作者名は見たことがある気がしたけれど、読み方が分からない。すると竹田さんが

「羅生門、芥川龍之介」と読み上げてくれた。

「あくたがわりゅうのすけ……あ、芥川賞の人？」

さすがの私でもテレビのニュースなどで見たことがあって知っている。彼女は「そうそう」と頷いた。

「難しそうなイメージあると思うけど、意外と読みやすいよ。短いし、分かりやすいし、ストーリーも面白いし」

「あ……そう、なんだ。ありがとう……」

正直、こんな昔の人が書いた本なんて言葉も漢字も難しいだろうし、私に読めるとは思えない。でも、せっかくわざわざ教えてくれた竹田さんに申し訳なくて、

「……じゃあ、これ、借りてみる」

と頷いた。彼女は嬉しそうに笑い、

「もし好みに合わなかったら、また他の本おすすめするから、声かけてね」

と言った。私はぺこりと頭を下げて、「じゃあ」と貸し出しカウンターに向かった。

まるで逃げるようになってしまったなと思う。あまりにも突然の出来事だったから、うまく対応できなくて自分にがっかりした。まさかクラスの子が、教室以外の場所で

自分に話しかけてくるなんて。しかも、困っているのを見て本をすすめてくれるなんて、そんな親切にしてくれるなんて、予想外すぎてうまく応えられるわけがなかった。

ああもう、ほんとだめだな私。

振り返って彼女の表情を確かめる勇気はなかった。

◇

「……仁科さんって、本とか読みますか？」

公園の東屋ではずいぶんとぬるく、湿っぽくなってきた夜風がスカートの裾を微かに揺らし、それから池の向こうに飛んでいく。夜になってしとしと降り出した雨を眺めながら、読書感想文のことが頭から離れない私は、仁科さんに訊ねてみた。

彼はぱっと振り向き、一瞬じっとこちらを見てから、いつもの笑みを浮かべる。

「どうしてですか？」

聞き返されて、私は「あ、大したことじゃないんですけど」と答える。

「夏休みの宿題で、読書感想文が出たんです。でも私、感想文がとても苦手で。仁科さんはどうだったのかな、と思って……」

彼の反応に少し違和感があったからか、なんだか言い訳みたいな言い方になってしまった。

「ああ……なるほど。読書感想文……懐かしいな」

仁科さんが柔らかく目を細めて、また私に訊ねる。

「そんなに苦手なんですか」

はい、と私は深く頷く。

「私にとっては、なんというか……読書感想文を千文字書くくらいなら、フルマラソンをしたほうがよっぽどまし、というくらいに、難しい宿題です」

仁科さんがくすりと笑って、「とても分かりやすいたとえです」と言った。

「更紗さんは、読書感想文のどこが特に苦手なんですか。本を読むことか、感想文を書くことか」

私は少し考えて、答える。

「どっちも……ですね。どっちも苦手です」

「なるほど……」

ゆっくりと二、三度頷いて、「うん」と斜め上を一瞬見上げてから、仁科さんが口を開いた。

「読書感想文なんてね、そんなに気負わなくていいんですよ」

「……どういうことですか？」

私は怪訝な顔で彼を見る。私にとっては、どんなに気負っても無理なくらい、難しいことなのに。

仁科さんが微笑みを浮かべたまま右手の人差し指を立て、「たとえば」と語り出す。

「美味しいお店を見つけたり、面白い映画を観たりしたとき、みなさんＳＮＳに感想を書いたりするでしょう。とても良かったから、友達におすすめしたい、という純粋な気持ちで」

「はい……」

私自身が何か書くことはないけれど、誰かが純粋な気持ちですすめているものを見るのは楽しくて、ＳＮＳを眺めることはある。

「読書感想文というのは本来そういうものと同じで、自分が気に入った本を友達に紹介するようなものです。食べ物や映画みたいに、自分の好きなものを誰かに推薦するつもりで、分かりやすく丁寧に、でも何より思ったことを素直に、書けばいいんですよ」

なるほど、と私は呟いた。呟いてから、仁科さんの口癖がうつっちゃってる、とおかしくなって笑った。ふっと気持ちが軽くなる。

「なんか、ちょっと、ハードルが低くなった気がします」

「そうでしょう」

仁科さんが笑った。なんだか嬉しそうだ。

「たとえば、誰かに食べ物をすすめたいとき、美味しかったよだけでは、きっと相手はあまり心を動かされませんよね。へえ、そうなんだ、で終わってしまうかもしれない」

「ああ……そうかも。なんか分かります」

「だからね、なるべく具体的に、どこにあるどんな雰囲気の店で、こんなものを食べた、とまずは細かく説明する。これが読書感想文で言えばあらすじの紹介の部分ですね。それから、こういうポイントが、こういう理由で、素晴らしいと思った、というふうに、おすすめしたいものの特徴や自分の感情を、分析するんです」

仁科さんの話を聞いているうちに、なんだか本当に、感想文が書けそうな気がしてくる。千字はやっぱり無理かもしれないけれど。

「なるほど……」

「いいなと思った部分を、ひとつずつ丁寧に言葉にしていけば、きっと誰かの心に届きます」

彼の言葉は不思議だ。なぜかすうっと心に入ってきて、じわじわと染み込んで、縮こまった気持ちをほぐしてくれる。他の人の言葉とはどこか違う。

「……じゃあ、感想文を書く前にまず、人にすすめたくなるほど好きな本を、見つけなきゃですよね」

「そういうことですね」

仁科さんが珍しく、少しおどけた調子で言った。

「むしろそこがいちばん大事なところです。じっくり時間をかけて吟味して、これだ、という一冊を見つけるんです」

「そんな本、あるかなあ……」

「ありますよ、きっと」

彼は妙に自信ありげに頷く。

「世界には何十億もの本があって、日本だけでも毎日何百冊もの新しい本が生まれているそうです。数え切れないほどの本が、誰かとの運命の出会いを、書店や図書館の棚でじっと待っているんです」

「運命の、出会い……」

本棚の片隅で膝を抱えて、静かに誰かを待っている本たちの姿が、ふっと脳裏に浮かんだ。今までただの紙の束だと思っていたのに、突然、それなら迎えに行ってあげなきゃ、という気持ちになる。

「更紗さんが夢中になれる運命の本も、きっとあります」

「……仁科さんにも、運命の本があるんですね」

思わずそう言うと、彼ははっとしたように目を見開いた。

「……そう、ですね。ありました……」

彼は一瞬、とても懐かしそうに目を細め、それからふうっと細い息を吐いた。

「本が好きなんですね」

気がついたら、そう言っていた。

本について語る仁科さんは、いつもよりずっと口数が多くて、しかもひとつひとつの言葉をとても大切そうに口にしていた。きっと私と違って本を読むのが大好きなんだろうと思ったのだ。

でも彼は、私の質問に今度は目を伏せて答えた。

「いや、うん、どうでしょう……」

いつになく何かを濁すような答え方だった。

「あ、すみません」と私は思わず謝る。

「なんだか楽しそうに本について話しているように見えたので、好きなのかなって思って……」

困らせてしまったのかと思って、慌ててそう続けると、彼は「いえ、お気になさらず」と首を振ってから、しばらく黙り込んだ。

調子に乗って余計なことを言ってしまったかな、とはらはらしていたら、ふいに仁科さんが片手で顔を覆い、ふっと小さく噴き出した。

「……ふ、ははっ」

突然の反応に驚いて、「どうしたんですか？」と私は訊ねる。すると彼はまた「いえ」と首を振って、口を開いた。

「……本を読むのが、とてもとても好きだったなあ、と……本当に本当に好きだったなあと、昔の……学生時代の自分のことを思い出しまして」

懐かしそうな顔で、彼は言った。でも、『好きだった』『昔』という過去形に引っかかりを覚えた私は、思わず言った。

「今は、好きじゃないんですか……？」

言ってしまってから、失礼なことを訊いてしまったかと思ったけれど、仁科さんは「そうですね……」と池のほうに視線を向け、どこか遠い目をして言った。

「……好きすぎて、もう、好きなのかどうかも、分からなくなってしまったのかもしれません……」

彼はそれきり何も言わず、表情のない顔でぼんやりと雨景色《あまげしき》を眺めていた。きっともうこの話はしたくないのだろう。だから私も口を閉じた。

好きすぎて、好きなのかどうか分からなくなる。それってどういう気持ちなんだろう。私には、そんなふうに感じるほど好きになったり夢中になったりしたものはないから、よく分からなかった。

「好き」は、途中で分からなくなったりするのだろうか、ずっと続くものじゃないんだろうか。しばらく考えながら、ああ、でも、確かに、好き同士で結婚したはずのお父さんとお母さんは離婚したと思い当たった。「好き」は意外と簡単に崩れてしまうものなのかもしれない。

仁科さんはずっと黙り込んでいる。

やっぱりどこか途方に暮れた迷子のように見えた。

彼は、私には想像もできないような大きなものを、その胸に抱えているような気がした。

雨が東屋の屋根を打つしとしとという音が、妙に大きく聞こえる。目の前には、軒先から滴り落ちた雫《しずく》が水溜まりにたくさんの輪をつくっていた。

霧雨はまだ降り続いている。

5章　忘れられない夏の日

◇

こめかみを流れる汗を時おり手で拭いながら、自転車を漕《こ》ぐ。

今日は夜になっても空気の中に昼間の暑さが残っている感じがした。蒸し蒸しして、ただペダルを踏んでいるだけでも汗が滲《にじ》んでくる。梅雨が明けてから一週間で、一気に気温が上がっていた。

また夏が来たな、と思う。

夏になると、どうしても、お母さんのことを考える回数が増えてしまう。

夏休みの終わりが近づいたころの、すごく暑い日だった。じゃあね、と言って、大きな荷物を抱えて玄関から出ていくお母さんの後ろ姿を見ながら私は、見開いた目から勝手に溢《あふ》れ出す涙を、だらだら流れる汗と一緒にタオルで拭っていた。何年経っても色褪《いろあ》せない記憶。

家に帰り着いてリビングに入ったとき、暗闇の中で緑色の光が点滅しているのに気がついた。電話機に着信があったことを知らせるライトだ。

珍しいなと思いつつ、電話機を操作して着信履歴を見た次の瞬間、心臓が止まった。

「え……お母さん……？」

お母さんの携帯から、電話が来ていた。夕方の5時前だ。

慌てて留守電を確認したけれど、メッセージは何もない。念のため自分のスマホも見てみたけれど、そちらにも何もなかった。

『私は更紗のために……』

『もし更紗がいなかったら……』

子どものときに聞いたお母さんの声が甦《よみがえ》る。

もしかして、うちに戻ってくるのかもしれない。

根拠もないのにそんなことを思って、そしたら我慢できなくなって、もう夜の11時すぎだったけれど、すぐに折り返した。朝が来るまでなんて待っていられなかった。

五回ほどコール音が鳴り響いた。たった五回なのに、すごく長く感じる。

プツッと音が切れた瞬間、鳥肌が立つほど心臓がどきどきしはじめた。

「あ……あの」

『はい、もしもし』

七年ぶりの、お母さんの声。動悸《どうき》が激しすぎて、耳が一瞬聞こえなくなる。

「あ……白川です。更紗です」

震えてかすれる声で言うと、電話の向こうでお母さんが『ああ』と言った。

『更紗？　久しぶりね』

優しい声だった。目頭が熱くなる。

やっぱり帰ってきてくれるんだ、となぜか確信した。

「うん……久しぶり。あの、電話くれたみたいだったから、かけ直したんだけど」

『ああ、そうそう。お父さんはいる？　話したいことがあって』

「……え？　お父さん？」

震える声で訊《たず》ねる。

『そう。何、今いないの？』

「あ、うん。お父さん、今、工場の夜勤やってて。帰ってくるの朝だから」

口ではすらすらと説明しながらも、頭の中では疑問が飛び交っていた。

お父さんに用事？　なんの？……私には、用事はないの？

『あら、そうなの。じゃあいいわ、更紗、あの人に伝えといてくれる？』

「えっ？　あ、うん……」

頭の中は真っ白だけれど、身体は無意識に動き、電話機の横のメモ帳を開いてペンを握っていた。バイトで電話を受けるときの癖だった。

『養育費のことで。あのねえ、私、再婚して今子どももふたり育ててるんだけどね、三歳とゼロ歳の子。で、さすがにちっちゃいのがふたりもいるとなかなか仕事ができなくて、経済的にも厳しいのよ。ほら、これから子どもたちにお金かかるしね。それで、養育費を払う余裕なんてなくって。今までは無理して払ってたけど、そろそろ終わりにさせてほしいってあの人に言ってもらえる？』

一方的に、次々に言葉が飛んでくる。記憶通りの声なのに、まるで知らない人の声のように聞こえた。私は土砂降りの雨に打たれたように動けなくなり、立ちすくむ。

『ごめんねえ、更紗。でもあなたも、もう十七？　十八？　もう大人だから大丈夫よね。高校卒業したら就職して自分で稼げるようになるから、お金のことはどうにでもなるでしょ』

お母さんはあっけらかんと言う。

「あ、うん。大丈夫」

反射的にそう答えていた。私が大学に進学するつもりだということも、お母さんは知らないし想像もしていないのだ。

これ以上何も答えられずにいると、お母さんが『じゃあ』と言ったので、電話を切られないように私は慌てて「ねえ」と口を開いた。

「お母さん」

七年ぶりに口に出して呼びかける。久しぶりすぎて、少し声が震えてしまった。

『え？　何？』

「どうして、私に、更紗って名前つけたの？」

『え？　ああ……』

お母さんが何か言いかけたとき、電話の向こうから『ママー』と子どもの声が聞こえてきた。幼い子どもの、甘えるような泣き声。

『あらあ、お目め覚めちゃったの？』

お母さんがとろけそうな声で応える。

『ママ、ママー。だっこだっこ、だっこしてー』

『はあい、すぐ行くからちょっと待っててねえ。更紗、子どもを寝かしつけなきゃいけないから、じゃあね』

私が応える前に、ブツッと電話は切れた。受話器を耳に当てたまま、動けない。

静まり返った家の中に、ツー、ツー、と無機質な電子音が響き渡る。

あの人はもう私の「お母さん」じゃないんだな、と思った。心の底から思い知らされた。

離婚したあと、お母さんが振り込んでくれていた養育費は、ほとんど手つかずで貯《た》めてあった。私の進学費用や、もしもお父さんが働けなくなったときのために、とお父さんは言っていた。

だから、お金をもらえなくなるのが嫌なわけじゃない。それが悲しいわけじゃない。

ただ、養育費の支払いをやめるということは、私への気持ちがもう一ミリも残っていないということなのだと思う。

そっと受話器を下ろし、台所のシンクで手を洗う。水の音にまぎれて、幼い子どもの声がまだ聞こえてくる気がする。

気がつくと自分の部屋に戻り、襟から服の下に手を差し入れて、儀式をしていた。これ以上無理というくらいに力を込めると、ぷちっと皮膚が弾ける感覚がして、あまりの痛みで頭の中が真っ赤になった。これで余計なことを考えなくてすむ。

右手の爪をぐいぐいと食い込ませながら、ベッドに倒れ込む。

枕元に置いてある『羅生門』がふと目に入った。

このところ毎晩、寝る前に少しずつ読んでいた。竹田さんの言った通り読みやすく、思ったよりも難しい言葉はなくて、注釈やふりがながついているし、私でも理解できた。何よりストーリーが今まで見たことのないような展開で先が気になり、スムーズに読み進めることができる。

寝転がったまま、左手でぱらぱらとページをめくる。

最後のページでふと手が止まった。

ラストシーンで、主人公は『夜の底へかけ下りた』。『夜の底』という言葉が、まるで暗闇の中でそこにだけスポットライトが当たっているみたいに、くっきりと浮かび上がって見える。『夜の底』

私もいつも、真夜中の底にいる。駆け下りたつもりはないのに、ずっと、暗くて静かな真夜中の底にいる。

いつの間にか枕が濡れていた。呼吸ができない。息が苦しい。

深呼吸して、とんとんとん。深呼吸して、とんとんとん。深呼吸して、とんとんとん。深呼吸して、……。

血が滲むくらい壁を叩いても、何もかも、どうにもならなかった。

タオルケットにくるまって眠ろうとするとすぐ、くらげがやってきた。ものすごい数だった。容赦なく私の身体にのしかかり、次々にまとわりついて覆い被《かぶ》さってきて、ぴくりとも動けない。顔にもべったりと貼りついてきて、どんなに空気を求めてもちっとも吸えなくて、窒息寸前だ。

私はくらげに押しつぶされながら、ぎゅっと目を閉じた。

◇

昨日はほとんど眠れなくて、授業中はずっとぼんやりしていた。

カナリアでは身体を動かしているから眠気とは闘わずにすむけれど、頭がぼんやりしていて、お客さんに出す水がひとつ多かったり、違うテーブルにコーヒーを持っていってしまったり、ミスを何度もしてしまった。

閉店までの時間が、いつもよりずっと長く感じられた。

やっと21時になって掃除を始めたころには、身体が重くて重くて、自分でも動きが鈍いなと思ったけれど、まるで他人の身体に入ってしまったみたいに思い通りに動かせなくて、どうにもならなかった。

「更紗ちゃん、今日はもう上がって」

突然、三尾《みお》さんが言った。私はモップの柄を握りしめたまま、「え」と慌てて顔を上げる。

「体調がよくないんじゃない？　今日は北岡《きたおか》くんも花村《はなむら》さんもいるし、三人で片付けしとくから大丈夫。もう上がっていいよ」

「えっ、いえ、あの、大丈夫です……」

戸惑っていると、北岡さんが駆け寄ってきて、「更紗ちゃん、それ貸して」と私の手からモップをひったくるようにして奪い取った。

「掃除は俺がやっとくから、ね！」

「え……でも……」

「ほらほら、早く帰ってゆっくり休んで」

花村さんまで、私の肩に手を当てて休憩室に向かわせようとする。

「え、あの、本当に大丈夫です。……あっ、今日いろいろミスしちゃったのは本当にすみません。ちょっと考え事しててぼーっとしちゃって……ごめんなさい。もう大丈夫なので。ちゃんと最後までやるので。本当にすみませんでした」

しどろもどろに謝る私に、三人はそれでも「今日はもう終わり！」と笑顔で言ってくる。

「きついときは無理しちゃだめだよ」

「そうそう。更紗ちゃんはすぐ頑張りすぎちゃうから」

「こういうのはお互い様なんだから、ね。気にしないで上がりなー」

三人共、すごく優しい声と表情をしていた。

昨日、お母さんがあの小さい子に向けていた声を思い出してしまう。私と話していたときとは全く違う、砂糖菓子みたいな声。

私はエプロンの裾をぎゅっと握りしめて、俯《うつむ》く。ずっとこらえていたものが、あふれ出しそうだった。

「……なんで私なんかに、そんなに親切にしてくれるんですか？」

そんな言葉を口にするつもりはなかったのに、思わず呟《つぶや》いていた。

すると三尾さんが「ええっ？」と声を上げ、それからすぐに興奮したような口調で話し始めた。

「更紗ちゃん『なんか』じゃないよ。更紗ちゃん『だから』、私たちは心配なんだよ」

「う、うそ……どうしてですか……」

自分がすごく面倒くさいことを言っているのを自覚しながらも、言葉を止められなくて、おろおろと視線を泳がせながら続ける。

「……私、学校では、暗いとか怖いとか言われてて……友達とかいないんです。家族からも……。なのに、どうして……」

私の言葉に三人が顔を見合わせ、それからこちらを見る。そんなの決まってるじゃん、と北岡さんが笑った。

「みんな更紗ちゃんのことが好きだからだよ」

一瞬、なんと言われたのか理解できなくて、ぽかんとしてしまう。それからじわじわとその言葉が染み込んできた。そして情けなく裏返った声が唇から飛び出した。

「……好き!?」

北岡さんがお腹を抱えて笑い出す。

「あはは、更紗ちゃん、そんな大きい声出るんだなー」

三尾さんが「笑わなーい」と彼を軽くこづき、それから私に微笑みかけて、ゆっくりと言う。

「この店のみんな、スタッフだけじゃなくてきっとお客さんも、みーんな更紗ちゃんのこと大好きだよ」

「そんなわけないじゃないですか……」

思わず首を振る。だって、私は家でも学校でも嫌われていて、みんなが扱いにくそうにしていて、だからいつもひとりで。

花村さんが「いやいやいやいや」と私以上の勢いで首を振った。

「いや本当だよ。ていうか逆に、更紗ちゃんを好きにならないのは難しいよ」

「……は？」

意味が分からなすぎて、我ながら失礼な返しをしてしまう。彼女はおかしそうに噴き出した。

その横で、三尾さんと北岡さんが「同感」と力強く頷《うなず》いている。

「一緒に仕事してればすぐ分かるよ。更紗ちゃんが、真面目でいつも一生懸命で頑張り屋さんで、相手のことを考えてくれる、優しくて心の温かい本当に素敵な子だってこと。絶対好きになっちゃうよ」

三尾さんが一気に話すと、あとを受けつぐように北岡さんが続けた。

「マジマジ。いい子すぎて心配になるくらい！」

「ええ……ありえないです……」

今まで言われたことのない言葉ばかり、三人が次々に話すので本当に分からなかった。突然空から飴玉やマシュマロが降ってきたら、こんな気分になるかもしれない。

それくらい理解不能な言葉が降ってくる。素敵でもいい子でもないと、私がいちばん分かっているのに。

私の沈んだ表情を見た三尾さんが、「そうだなあ。たとえばね」と言って語り出した。

「みんなが面倒くさがるコーヒー豆とか紅茶缶の在庫補充、更紗ちゃんいつも早め早めにやってくれるでしょう。裏の倉庫まで取りに行くのが面倒だから、気づいても見て見ぬふりする人もいるのに。そろそろやらなきゃなあって私が思ってると、いつの間にか更紗ちゃんがやってくれてたこと、今まで何十回もあった」

「それは別に……仕事だし、手が空いてたからやっただけです」

「それがすごいの。あと、テーブルのシュガーポットも必ず確認して、減ってたらすぐ補充してくれるよね。それに床が汚れてるのに気づいたらすぐモップで綺麗《きれい》にしてくれるし。いくら仕事でも、できるだけ怠けたい、楽したいって思う人も多いし、私もそういうとこあるけど、更紗ちゃんはそんなの考えたこともないでしょ？」

三尾さんの言葉にうんうん、と頷いて、花村さんが続ける。

「更紗ちゃんがホールの掃除したあとはすぐ分かる。椅子がきっちり並んでるから。

食器とかグラスも水滴ひとつ残らないように丁寧に綺麗に拭かれてて、すごく気持ちがいいなって思ってるよ」

「トイレ掃除もさ」

北岡さんが店の奥のほうを指差した。そこにはお客さんが使う男女兼用のトイレがひとつある。

「いっつも隅々までぴっかぴかに磨いてあるよな。便器だけじゃなくて洗面台の蛇口までぴかぴかだし、トイレットペーパーも絶対多めに補充しといてくれるし。更紗ちゃんの次の日に掃除当番のときは、本当に楽なんだよ。ありがたい！　だから俺も次の人のためにできるだけ綺麗にしなきゃって思うようになったよ」

それとそれと、と花村さんが小さく手を挙げた。

「更紗ちゃん、私がここに入ったばっかりのころ、おじさんに絡まれたときに助けてくれたでしょ？　しかも迷いなくすぐに駆けつけてくれたよね。普通なら怖くてなかなかできないよ。私なら見て見ぬふりしちゃうかもしれない」

「あれは……」

「更紗ちゃんだって怖かったんだよね。でも、勇気出して来てくれたんだよね。年下なのに、なんて優しくて格好いい子なんだろうって感激したよ」

みんなの話を聞いていると、どんどん頰が熱くなってくる。どう考えても買いかぶりすぎだと思うけれど、せっかく言ってくれたのに否定したら失礼だと思った。

誰かにこんなふうに自分のことをたくさん話してもらったことなんて、今まで一度もなかった。どんな顔をすればいいか分からない。胸の奥がきゅうきゅう音を立てて、息が苦しい。

だけど今は、儀式もおまじないもいらない。嫌な苦しさではないから。

「……ありがとうございます」

私は深々と頭を下げた。もっとちゃんとお礼を、と思うのに、胸がつまって、うまく息が吸えなくて、言葉が出てこない。

「みんな更紗ちゃんのことが大好きだよ。だから、もし何か困ってたり、悩んでることがあるなら、相談してほしいって思ってるの」

三尾さんがふわりと微笑んで言った。

「……はい」

俯いたまま、私は小さく頷いた。

その言葉は私の胸に優しく刺さった。

『大好き』本当に？　実のお母さんにも愛してもらえなかった私を？

でも、私だってずっと一緒に働いてきて、知っている。三尾さんも、北岡さんも、花村さんも、こんな嘘をつくような人たちじゃないということを。

きっと本心で励ましてくれているのだ。私みたいな人間を認めて、どこにも居場所のない私を受け入れてくれているのだ。

シャツの胸元を握りしめる。昨日作ってしまった傷が痛いから、そっと撫《な》でるように。

仁科《にしな》さんに初めて公園でコーヒーをもらった時のようにあったかい、と思った。

◇

早めにバイトを上がらせてもらったあと、いつものように月池公園へ向かった。

その間に何度もカナリアのみんながくれた言葉が甦ってきて、そのたびに心がぽかぽかとあたたかくなった。本当にあの店でバイトしていてよかった、と思う。

それなのに、店から離れるにつれて、まだ頭に染みついている昨日のお母さんの言葉がどんどん色を濃くしていき、温まっていた胸がまた冷えていく気がした。

養育費のこと、お父さんに話さなきゃなあ。ゆうべからずっとそう思っているのだけれど、なぜか、朝、家を出るときにもメモを置いておくことすらできなかった。

ゆっくりと遊歩道を歩いて、いつものベンチでいつものように座っている仁科さんに近づく。

なんとなく、数メートル手前で足を止めてしまった。こんな気持ちのままで彼と会うわけにはいかないと思った。

いつもの顔をするために、儀式が必要だった。ぎゅっと爪を立てると、まだ塞がっていない傷口が激しく痛んだ。一瞬、血の気が引いたように頭が真っ白になり、また色が戻ってくる。

小さく深呼吸をしていたとき、ふと仁科さんがこちらを振り返った。私は慌てて胸元から手を離し、「こんばんは」と挨拶をしようとしたけれど、その前に彼が口を開いた。

「更紗さん……大丈夫ですか？」

少し眉根を寄せて、心配そうにこちらを見ている。私は「え、何が……」と小さく呟いた。

「なんだか、いつもと様子が……」

仁科さんが立ち上がって近づいてきて、私の顔を覗《のぞ》き込むようにする。

「……いつもより顔色がよくないように見えます。……大丈夫ですか」

「あ、大丈夫です」

反射的に頷いて答えると、彼は口を閉ざし、じっと私を見つめた。それからふうっと溜め息をつく。

機嫌を損ねてしまったのだろうか。せっかく夜の公園でのんびり過ごそうとしているのに私が浮かない顔をしているので、面倒だと思われているのかもしれない。そう考えたとたん、心臓がぎゅっと縮まったような気がした。

だから私は意識して笑みを浮かべ、もう一度「全然大丈夫です」と言ってみる。でも彼はまだ様子を窺うような視線のままだ。

「……大丈夫かと訊《き》かれると、大丈夫と答えてしまいますよね」

しばらくして仁科さんが静かに口を開いた。困ったような微笑《ほほえ》みを浮かべている。

心臓がぐらぐら揺れる。

「どうして人は、本当は全然大丈夫じゃなくても、大丈夫だと言ってしまうんでしょうね」

私は言葉を失って彼を見つめ返す。私が今『全然大丈夫じゃない』ということが、なぜ彼にはばれてしまっているのだろうか。

ふっとカナリアのみんなの顔が浮かんだ。今まで何度も、彼らに『大丈夫?』『無理しないで』と言われてきた。私はそのたびに、体調不良で迷惑をかけたら嫌われてしまうかもしれないと焦って、『大丈夫です』と答えてきた。

でも、もしかしたら私は今までずっと、周りから見たら『全然大丈夫じゃない』顔をして、必死に『大丈夫』と言い張っていたんじゃないだろうか。

黙り込んでいると、仁科さんがベンチを指差した。

「とりあえず、座りましょう」

「あ……はい、そうですね」

腰かけた私に、彼は立ったままで「何か飲みますか」と訊ねてくる。

「カフェオレならあるんですが、具合がよくないときは飲みたくないですよね。そこの自販機で水かお茶を買ってきましょうか」

私は慌てて首を振った。

「いえいえ、大丈夫です。具合が悪いとかじゃないので。ただ、その……気持ちの問題で……」

仁科さんが目を見開く。それから眉をひそめて小さく繰り返した。

「気持ちの問題、ですか」

「あ、はい、ちょっと、落ち込んでいるというか、なんというか……」

ああ、面倒に思われたくないのに、またやっちゃった、と思う。余計な心配をかけたくなくて体調は悪くないと伝えようとしたのに、落ち込んでいるなどと結局心配させるようなことを言ってしまった。

俯いて後悔していると、彼は黙って隣のベンチに座った。持っていた袋からカフェオレの缶を取り出し、こちらに差し出してくれる。

ありがとうございます、と受け取って、いつものように一度胸に当てた。消えてしまっていたぬくもりが、少し戻ってくるように感じた。

「もし、話して楽になるのなら、僕が聞きますよ」

仁科さんが遠慮がちに言った。私は隣に目を向け、それから視線を落として手元を見つめる。口を開いた。

「……話したら、楽になるんですかね……」

彼はゆっくりと瞬《まばた》きをしてから、囁くように言った。

「たいていのことは、言語化してしまえば随分すっきりするんじゃないかなあ、と僕は思います」

「げんごか」

聞き慣れない言葉だったので、思わず訊き返す。仁科さんが頷いた。

「自分の中のもやもやした思いを、言葉にしてみるんです。そうすると、もやもやが形になる。ぼんやり広がっていたものが少し小さく固まって、そのぶん頭がすっきりして、気持ちが落ち着いてきて、見える景色が広がるんです。そうしたら、今まで全く気づかなかった解決策が見えてくることもあります」

分かるような、分からないような。私には少し難しい。

ただ、こんなにも仁科さんが私のために一生懸命話してくれていることだから理解したくて、私も必死に頭を働かせながら聞く。

「なかなかうまく説明できなくて、すみません……。そうだな、たとえるなら、夜の闇の中に何か怖いものがいるとする。何かがいるのは分かるけれど、どんな姿なのかは見えないし、どこにいるのかもはっきりしない。すごく嫌だし不気味ですよね」

「はい……怖いです」

「でも、その何かにライトを当てて、姿が見えるようになったら、逃げるなりやっつけるなりできるでしょう」

「たしかに、そうですね」

私は何度も頷く。仁科さんが伝えようとしてくれていることが、だんだんと分かってきた。彼がふっと微笑んで続けた。

「悩み事というのは、よく分からないままで心に溜め込んでいるのが、いちばん良くないんじゃないかなと、僕は勝手に思っています。だから、言葉にして、形を与えて、見えやすく、とらえやすくするんです。誰かに話す必要は必ずしもありません。自分の中で言語化するだけでも、随分違うはずです。形のない正体不明のものよりは、形あるもの、はっきり姿が見えるもののほうが、対処しやすいからです」

はい、と私はまた頷いた。でしょう、と笑った仁科さんが、少し眉を下げて続けた。

「ただ、困ったことに、自分で自分の気持ちを的確に言語化するというのは、なかなか難しいんですよね……僕だって全然うまく出来ない。でも、言葉にするために自分の気持ちをじっくり観察するというのは、生きる上で大切なことだと思います。たとえうまく言葉にできなかったとしても、自分自身に正面から向き合うことこそが大切なんだと思います。……本当に大変なことですが……」

また頷いて、私は池のほうに目をやった。

私は今まで、その『大切なこと』をやってこなかった気がする。人と話すことが苦手だから、言葉にしなくても困らなかった。

でも、自分のために言葉にするという考え方もあるんだ。私にうまくできるかは分からないけれど。

かすかな風に吹かれて揺れる水面に、細い三日月が映っている。それを見つめながら、私は意を決して口を開いた。自分の気持ちを『言語化』するために。

「……大したことじゃ、ないんですけど」

かまいません、と仁科さんが言ってくれた。それだけで励まされて、話す勇気が湧いてくる。

「……昨日、家に帰ったら、お母さんから電話が来てて。着信履歴があったんです。……私のお母さん、私が小学生のときに、離婚して家を出ていって。それから私はずっとお父さんとふたりで暮らしてて、お母さんに会うこともなかったんですけど」

仁科さんが「はい」と静かに頷いてくれる。

「もしかして帰ってきてくれるのかなって……冷静に考えればそんなはずないのに、そう思っちゃって、急いでかけ直したんです」

思い出すと苦しくて、言葉に詰まってしまった。深呼吸をして、なんとか息を整えて続ける。

「……お母さん、再婚してました。小さい子どももいました。それで、『更紗はもう大人だから大丈夫よね』って言われました。……私はすぐに、『大丈夫』って答えました」

話しているうちに、昨日の電話のときの感情が甦ってきて、声が震えた。息を吸って、吐いて、また続ける。

「すごくショックだったけど、『大丈夫じゃない』とは、言えませんでした。……それからずっと、なんか……」

うまく言えなくて口をつぐむと、じっと見ていた仁科さんが口を開いた。

「どうして言えなかったのか、自分で分かりそうですか？」

「どうして……？」

私は少し首を傾《かし》げて、お母さんとの電話が終わったあとの気持ちを思い出す。頭がぼんやりして、身体が重くてうまく動けなくなった、あの気持ち。それを言葉にするなら。

「たぶん……もう会う気はないって言われたみたいで、もう私のお母さんじゃないって思い知らされて、それが悲しくて、寂しくて、虚しくて、ショックだったんです」

こんなに真正面から自分の気持ちを見つめたのは初めてだった。

いつも、何か嫌なことがあって苦しい気持ちになったときは、その感情から目を逸《そ》らすことばかり考えてきた。見ないでいれば楽だと思っていた。だから、息苦しくなると儀式をしていた。まだひりひりと痛む胸元に手を当てて、思う。

それは、苦しくてたまらないときに楽になるためにしてきたことだったけれど、でも、そうやってごまかしながらやり過ごすことは、きっと正解ではなかった。もしも間違いではなかったのなら、胸がこんなに痛いはずがない。

「私は……やっぱりお母さんに嫌われたくなくて、大丈夫じゃないとか、見捨てないでとか、我が儘は言えなかったんです」

お母さんはいつも不機嫌な顔をしていて、いらいらしていて、それは全部私のせいだと思った。だから私は子どものころ、あの子みたいにお母さんの前で泣けなかった。泣かなかった。困らせたら見捨てられてしまうかもしれない、と不安で、甘えたり我が儘を言ったりしないよう我慢していた。ずっと我慢していた。

なのに、私は結局、愛してもらえなかった。

「……お母さんと話せるのはもう最後かもしれないから、せっかくだからと思って、更紗って名前の由来を訊いたんです。そしたら、答えを聞く前に向こうの子どもが泣き出しちゃって……すごく甘えた声で。お母さんは『じゃあね』って、あっさり電話を切りました」

思いついたままに話しているので、自分でもまとまりがなくて分かりにくいと思うけれど、仁科さんはただじっと私を見つめながら、静かに聞いていてくれる。

「それで、お父さんに、お母さんからの電話の話をしなきゃいけないんですけど……なかなか、できなくて……」

できない理由も、自分の正直な気持ちに向き合って考えてみる。

お父さんは、お母さんが私の養育費を払う気がなくなったと聞いたら、どう思うだろう。どんな顔をするだろう。そう思うと不安が湧き上がってきて、何も言えなかった。

私というお荷物をお母さんから押しつけられているという思いが大きくなるかもしれない。実の母親にも見放されたような娘の面倒を見たくないと感じるかもしれない。

これからはひとりで生きていけと言われてしまうかもしれない。

そんなふうに、どうしても悪いほうにばかり考えてしまって、怖くて言えなかった。

「お父さんにまで見捨てられたら、どうすればいいか分からないから……」

ぽつりと言うと、仁科さんは小さく頷いた。それきり何も言わない。

彼が池に目を向けたので、私もその横顔から視線を移す。夜になっても蒸し暑いせいか、公園内はいつもより人が少ない。遊歩道を取り囲む木々から、蝉《せみ》の声が雨のように降ってくる。

仁科さんはまだ黙っていた。『子どもを愛さない親はいない』とか『世界中が敵になっても親だけは子どもの味方だ』とか、よく聞く言葉を彼が口にしないことに、救われた気持ちになった。ああいう言葉を聞くたびに、私みたいな親に愛されない子どもは、ひどく情けなく、みじめになるのだ。ほとんどの人は当てはまるのだろうけど一部の人間には全く当てはまらない、その場しのぎの慰めなんて、今聞かされたらどうしようもなくなる。

『言わない優しさ』というものもあるのだと、私は仁科さんに出会って知った。

「……その気持ちを」

しばらくして仁科さんが口を開いたので、私は視線を横に向けた。

「更紗さんが思っていることを、一度でもご両親に話したことはありますか」

彼の問いに、私は「ありません」と静かに首を横に振る。

「……どう言えばいいのか、分かりません。それに、話したいと思ったこともありません」

まっすぐな眼差しに見守られて、私は俯いてぽつぽつと言葉をこぼす。

「私は話すのがうまくないので、なんていうか……変な言い方をして、相手に嫌な思いをさせちゃったり、傷つけちゃったりするのが、怖いんです。だから、黙ってたほうがいいかなって思って、余計なことは言わないようにしてます」

お父さんやお母さんに対してだけでなく、他の人に対してもそうやって接してきた。へたなことを言ってしまうくらいなら、なるべく会話をしないほうがいい。決まったことだけやって、訊かれたことにだけ答え、ロボットみたいに生きるのが楽だった。

「……でも、更紗さんの内側には、たくさんの言葉がつまっていますよね」

え、と私は視線を上げた。仁科さんはじっと私を見て続ける。

「言えなかった言葉や、飲み込んだ言葉が、あなたの胸の中には、溢れそうなくらい溜まっているんじゃないでしょうか」

「…………」

すぐには分からなかった。そんなふうに考えたことがなかった。

そっと胸に手を当てる。この中には空洞しかないと思っていたけれど、違うのだろうか。空っぽなような気もするし、満杯なような気もする。だとしたら、何が入っている？

お母さんに会いたいとずっと思っていたけれど、お父さんとほとんど顔を合わせない生活を寂しいと思っていたけれど、誰もいない静かすぎる家に帰るのがつらいと思っていたけれど、私はその気持ちを一度も言葉にすることができなかった。伝えたいと思ったこともなかった。我が儘な思いは無視して忘れて、飲み込んで、決して口に出さなかった。

自分でもよく分からなくて黙り込んでいると、ふいに仁科さんが言った。

「気持ちを言葉にするって簡単じゃないですよね。でも、『言葉の力』というものがあると思うんです」

私は「え」と目を見開いて訊き返す。

「言葉の力……読解力とか、文章力とかのことですか」

すると、彼が「少し、違うかな」と小さく首を傾げた。

「自分の感情を的確に表現したり、それを相手にちゃんと伝えたりする力、と言えばいいでしょうか」

仁科さんは確かめるようにゆっくりと続ける。

「たとえば『なんかもやもやする』では、自分を悩ませているものを形にすることができません。相手に気持ちを分かってもらうこともできません。そうすると、自分の気持ちとは違う解釈をされて、全く望んでいないことをされたり言われたりしてしまうかもしれない。だから、なるべく自分の思いを正確に言語化できるように、本を読んだり映画を観たり人と話したりして、たくさんの言葉を浴びて、たくさんの言葉を覚える必要があるんだと、僕は思っています」

静かに語る声が、鼓膜に染み込んでくる。

私は仁科さんの言葉を頭の中で繰り返し再生した。難しくてすぐには理解できないけれど、大切なことを伝えようとしてくれているのだと分かるから、なんとか嚙《か》み砕こうと必死に頭を働かせる。

そんな私の様子に気づいたのか、仁科さんは言い方を変えてくれた。

「言葉は鎧《よろい》です」

鎧、と私は小さく呟き、じっと続きを待つ。

「自分を傷つけたり苦しめたりするものから、自分の心を守るための鎧です。言葉の鎧を身につけると、人は強くなれます」

彼はきっぱりと言った。それから柔らかく微笑んで続ける。

「更紗さんは若いですから、その鎧はきっとまだ脆くて弱い。うまく言葉にできないことを飲み込んでしまって相手に気持ちを伝えられなかったり、誰かの言葉に深く傷ついたりすることも、たくさんあるでしょう」

私は、「はい」と小さく頷く。振り返ると、思い当たることがたくさんあった。

「でも、あなたはあなたの鎧を、これからいくらでも鍛えることができます」

私は黙って瞬きしながら、彼の声に耳を澄ます。

「言葉は、誰かを傷つける武器になってしまうことがある。でも、自分の心を守る鎧にもなる。時には誰かを守ることができる盾《たて》にもなる」

「はい……」

鎧。盾。心の中で、何度も彼の言葉を反芻《はんすう》する。

これまで生きてきて、誰かから言われたことが胸に突き刺さって抜けないことは数え切れないほどあったし、逆に誰かの胸に剣を突き立ててしまったこともきっとたくさんあった。そのせいで、たくさん失敗したから、言葉は怖いと思うし、あえて言葉にすることを避けてきた。

だけど、傷つけるだけじゃなくて、守る力も言葉にはあると、仁科さんは言ってくれた。

ちゃんと理解できているか分からないけれど、そうかもしれない、と不思議と信じられる。

だって仁科さんの言葉はたしかに、鎧を持たない私を守ってくれる盾のようだったから。

6章　私の知らない横顔

◇

あ、と思わず声を上げてしまった。

借りていた『羅生門』を返却しようと図書室に入ってすぐ、竹田《たけだ》さんの姿を見つけたからだ。反射的に、きびすを返しそうになる。教室の外でクラスメイトを見かけたらいつもそうしていたから、身体が勝手に動いてしまう。

でも今日は、ぐっと足を踏みしめて思い止まった。仁科さんが教えてくれたことを、思い出したのだ。

私には、彼女に伝えたいこと、伝えなきゃいけないことがある。

ずっと私が目を背けてないがしろにしてきたもの。ちゃんと言葉にしないと伝わらない。だから、勇気を出したい。

何もかもうまくいきますように。大丈夫、大丈夫。自分に言い聞かせるようにおまじないを唱える。大きく深呼吸をして、でも図書室で音を立てるわけにはいかないので、自分の胸を三回軽く叩いた。

本を持つ手に力を込めて、口を開く。

「あの……竹田さん」

自分を奮い立たせて絞り出した声は、情けなくかすれていたけれど、ぱっと振り向いた彼女は「あ、白川《しらかわ》さん」と言ってにこりと笑ってくれた。

私は本の表紙を彼女に向け、「これ」と指差した。

「この前、『羅生門』、ありがとう。あの、思ったより読みやすくて、面白くて、昨日、最後まで読み終わった」

緊張しすぎて片言みたいになってしまう自分が情けない。

竹田さんは気にする様子もなく、ぱっと明るい笑みを浮かべた。

「そっかそっか。白川さんの好みに合ってよかった！」

「ありがとう」

うまい返しが思いつかなくてぎこちなく言うと、竹田さんは「いえいえ」と応えてくれた。きっとこのままだと、彼女はすぐに本棚に視線を戻してしまうだろう。

だから早く、続きを。こっそり息を吸って吐いて、私はまた口を開いた。彼女と話せたら訊こうと思っていたことを言うために。

「……あの、他にもおすすめ、ある？」

竹田さんは一瞬、びっくりしたように目を見開いた。でもすぐに笑顔に戻り、「そうだなあ」とにこにこしながら目の前に並ぶ本を指でなぞっていく。

「あ、これ、知ってる？　夏目漱石の『こころ』。教科書にも載ってるよ。授業ではまだやってないけど」

彼女が本棚から取り出してくれた本を受け取り、私は「知らない」と首を振る。夏目漱石はさすがの私でも知っているけれど、授業やテスト勉強以外で教科書は読まないので、タイトルは聞いたことがなかった。

「簡単に言うと、三角関係の話」

「えっ」

思わず声を上げてしまった。夏目漱石というと、すごく難しい小説というイメージだった。それがまさか、三角関係がテーマだなんて。

竹田さんが「びっくりだよね」と笑って説明してくれる。

「大学生の親友同士のふたりが同じ下宿に住んでるんだけど、ふたりともそこのお嬢さんのことを好きになっちゃって……っていうお話。まあ漫画とかドラマみたいなドロドロではないんだけどね、すごく重くて、考えさせられるっていうか……。最初読んだときは衝撃的だった」

「へえ……そんな話なんだ……」

とっつきにくい昔の作家とばかり思っていたのに、現代でもありうるような話で、興味を惹かれた。

「親友同士なのに、お互いに自分の気持ちをちゃんと言葉にできなくて、相手の考えが分からないから勝手にぐるぐる考えて、そのせいで勘違いしたりすれ違ったりして、それで……って、ここから先はネタバレになっちゃうから言えない！」

竹田さんはくすくす笑って、「よかったら読んでみて」と言った。

手にした本に目を落とす。『羅生門』に比べたらずいぶん分厚い。私に読めるだろうか。

ただ、『心』じゃなくて『こころ』とひらがなで書いてあるところに、妙に惹かれた。何か意味があるのかな、と気になる。

そして何より、竹田さんが言った『自分の気持ちをちゃんと言葉にできなくて、勝手にぐるぐる考えて』という言葉が、今の私にとってはすごくタイミングがよかった。

「うん……読んでみる」

そう呟くと、彼女は嬉しそうに頷いた。

◇

その週の土曜日、私はいつものように駅の南口に買い出しに来ていた。

竹田さんに話しかけることはできたけれど、結局お父さんにはお母さんの電話のことを言えないまま、週末に突入してしまっていた。スーパーやドラッグストアに寄ったあと、いつも以上に重い荷物を抱え直して歩き出したとき、ふとある店が目に入った。

去年新しくできたカフェだ。歩道に面したテラス席では、ドラマに出てくるようなおしゃれな格好をした若い人たちが楽しそうにおしゃべりをしたり、スマホでデザートの写真を撮ったりしている。カナリアとは、店の雰囲気も客層も全く違った。まるでここだけ都会みたいだな、と思いながら通り過ぎようとしたとき、大きなガラス窓の向こうの店内に視線が釘づけになった。足が勝手に動きを止める。

「……あ」

窓際のテーブル席に座っている男の人をじっと見つめて、思わず呟いた。

仁科さんだ。いつものように少し猫背で、頬杖をついている。

でも、何だか違う。彼はいつも白いシャツにジーンズなのに、今日はグレーのジャケットを羽織ってスーツっぽいズボンを穿《は》いていた。しかも、普段は無造作に揺れている髪が、きっちりとセットされている。私の知っている仁科さんじゃないみたいだった。

今日は土曜日だけど、お仕事なのかな。土日とか関係ない職業なのかも。仕事中なら迷惑になるかなと思いつつも、ガラス越しに、仁科さん、と唇《くちびる》で呼んでみる。もしも気づいてこっちを見てくれたら、手を振ってみよう。

そわそわしながらその横顔を見つめていたとき、トレイを持った女の人がやってきて、当たり前のように彼の向かいに腰を下ろした。

えっ、と声を上げてしまった。瞬きも忘れて彼女を凝視する。

綺麗な女の人だ。落ち着いたブラウンに染められた髪をふんわりとまとめて、華奢な身体に白いブラウスとベージュのスカートをまとっている。美人なのに可愛らしい、大人の女性だ。

ふたりは親しげに微笑み合っている。彼女が身振り手振りを交えながら楽しそうにしゃべり、仁科さんはゆったりと頷きながら、ときどき何か答えているようだ。

なんかうるさいな、と思ったら、自分の胸の中で心臓が暴れている音だった。

頭が真っ白になって、気がついたら私は走っていた。

あんなに重かった荷物の重みも今はまったく感じない。やけに視界が狭い感じがする。まるで頭の中にも心臓があるみたいに、ぐわんぐわんと大きな音が世界中に鳴り響いている。

自転車のかごに荷物を放り投げるように突っ込み、立ったまま漕いで一度も止まらずに家に帰った。ぜえはあ、と大きな呼吸を繰り返しながら、買ったものを冷蔵庫や棚にしまっていく。なんにも考えず、まるでロボットみたいに手だけを動かしつづける。

さっき見た光景が勝手に甦ってきた。

綺麗な女の人と親しげに話し、穏やかな微笑みを浮かべている仁科さん。

どうしてあの優しい眼差しや笑顔が、自分だけに向けられるものみたいな錯覚に陥っていたんだろう。勘違いも甚だしい。自分が恥ずかしい。

まだ激しい動悸が続いている。鼓膜が破れそうなくらいうるさい。

「……更紗？」

突然声をかけられて、飛び上がるほど驚いた。

振り向くと、お父さんが台所の入口に立っていた。眠そうに目を擦《こす》っている。

いつもお父さんが寝ているときは音を立てないようにしているのに、私がうるさくしていたせいで目が覚めてしまったのだ。今は頭が混乱していて、鳴り響く心臓の音を消したくて、冷蔵庫のドアを閉めるときも棚に物をしまうときもばたばた大きな音を立ててしまっていた。

「あっ、ごめん、起こしちゃった？」

「いや、いいんだけど……どうした、何かあったのか？」

お父さんは眉根を寄せて私をじっと見ている。

「ううん、大丈夫、全然なんもないよ。ごめん、寝てていいよ」

なんとか笑みを貼りつけて答えたけれど、お父さんは「いや、でも」とまだ険しい顔をしている。

「本当に何もないから。ほら、寝て寝て」

自分らしくもなく矢継ぎ早に言いながら、台所を出てお父さんの肩を押し、寝室に押し込む。お父さんはまだ何か言いたげにちらちらとこちらを見てくるけれど、この動揺をお父さんには悟られたくなくて、私はぱっと顔を背けた。

「更紗、何か困ってたり悩みごとがあったら、父さんにすぐ……」

「うん、分かった。ありがとう」

これ以上顔を合わせていたら、ぼろが出てしまいそうだった。だから話を切り上げるように「おやすみ」と手を振り、寝室のドアをばたんと閉めた。

台所に戻り、気持ちを落ち着けようと、はあっと息を吐き出す。仕事で疲れているお父さんを心配させるわけにはいかない。今夜も休日出勤だと言っていたから、ちゃんと眠ってもらわないと。だから私もいつも通りの動きをしないと。

それでも頭の中で、さっき見た光景が勝手に再生される。

早く消えてほしい、お願いだから消えて、と念じながら目を閉じて、テーブルを叩く。深呼吸して、とんとんとん。深呼吸して、とんとんとん。まだ心臓は騒がしい音を立てていたけれど、自分とお父さんの分のご飯を作り、洗濯をする。そうやって動き回っていたら、なんとか少しずつ心の中の波が静かになっていった。

◇

とにかくいつもと同じことをしていれば、余計なことを考えなくてすむ。カナリアでも頭を空っぽにして黙々と働いていると、いつの間にか夕方になっていた。ふと時計を見上げて、そろそろ仁科さんが来る時間だな、と思った。次の瞬間はっとして、来るわけないと思い直す。いつもの癖で、仁科さんの訪れを待ってしまう自分に呆《あき》れた。

きっと彼は今ごろ、あの綺麗な女の人とデートしている。映画館か、レストランか分からないけれど、きっとそういう私が行ったことのない場所で、彼女と一緒にいる。

最初に見たときは仕事だからちゃんとした格好をしているのかと思ったけれど、恋人と会うからおしゃれをしていたのだ。そう思うとなんとも言えない気持ちになった。

それなのに、仁科さんはいつものように17時前にやってきた。

「こんにちは」

いつもの笑顔で挨拶をしてくる彼を直視できなくて、私は俯いて「いらっしゃいませ」と呟いた。たぶん彼には聞こえなかっただろう。

視界の片隅で、仁科さんが不思議そうに首を傾げているのが見えた。彼女とのデートを私に目撃されたなんて知らないのだから当然だ。彼にとって彼女と会うことは後ろめたくもなんともない。だから、なんでもないような平気な顔をしているのだろう。

どうして私と、夜の公園で過ごしてくれたんですか。

どうして恋人がいるのに、私と一緒にいてくれたんですか。

そんな気持ちがむくむくと湧き上がってくる。

自分勝手な思いだと自覚しているのに、心がひとりでに叫んでいる。頭の中はぐちゃぐちゃだったけれど、身体は勝手に動いて、私は他のお客さんの注文をとったりコーヒーや軽食を運んだりしていた。

夕食どきを過ぎてだいぶ店が空いてきた頃、一緒にホールに入っていた北岡さんが話しかけてきた。

「更紗ちゃん、今日はT席のあの人のとこ行かないの？」

私は「え」と動きを止め、北岡さんを見上げる。

「あの人って……仁科さんですか？」

「あ、仁科さんっていうんだ。そうそう、いつも絶対しゃべるじゃん。今日は行かないからどうしてかなーって……」

「おーい、北岡くーん」

言葉を遮るように、三尾さんが彼の肩をとんとんと叩いた。

「ねえ、デリカシーって言葉知ってる？　辞書で調べとこうねー」

三尾さんはにこにこと笑みを浮かべているけれど、目が笑っていなかった。北岡さんが「えっ」と目を丸くする。

「え、え、俺そんな無神経なこと言っちゃいました？　俺もあの人と話してみたいんですよ」

三尾さんは笑顔のまま「ちょっと黙っとこうねー」と彼に言い、今度は私を見る。

「大丈夫？」

心配そうに訊ねられて、私はすぐに答えた。

「……何がですか？　全然大丈夫です」

三尾さんはまた笑みを浮かべて「北岡くんはちょっとどっか行っててねー」と彼を脇に押しやった。

彼女はまだ心配そうな顔をしている。私は意識して笑みを浮かべた。でも、頬がひくひくと痙攣してしまう。自分の身体が思い通りにならないことにいらいらする。

「ええと……何かあった？」

「いえ、別に何も。いつも通りです」

喉の奥がぎゅうっと苦しくなる。抱えていたトレイで胸元を隠しながら、強く強く儀式をする。びりびりと痛みが走って、少し息が楽になる。

「こんにちは！」

突然ホールから明るい声が聞こえて、私と三尾さんは同時に勢いよく振り向いた。

いつの間にか私たちから離れた北岡さんが、仁科さんに話しかけていた。三尾さんがぽかんと口を開いている。たぶん私も同じような表情をしている。

仁科さんは少し驚いたような顔をして、でもすぐに笑みを浮かべて「どうも」と会釈した。

「仁科さんいつも更紗ちゃんと楽しそうにしゃべってるから、俺も一回話してみたいなーと思ってたんですよねー」

「ああ、なるほど」

隣で三尾さんがほっとしたように息をついた。北岡さんは満面の笑みで、仁科さんは穏やかに微笑みながら、何かを話している。

「一体なんのつもりかと思ったけど、余計なこと言うんじゃないかってはらはらしちゃった……」

私は小さく「そうですね」と答える。三尾さんとの会話はそのまま途切れ、ふたりして彼らの会話に聞き耳を立てた。

「そういえば仁科さんって、なんの仕事してるんすか？」

三尾さんが「ひえ」と声を上げた。私も心の中で「訊いちゃうんだ」と驚く。

「いつもパソコンでなんかやってますよね。出社とかしない感じの仕事っすか？　フリーランス的な？　かっこいいっすね、なんか憧れちゃうなあ」

仁科さんは何も答えないまま、にこにこしている。

「あ、俺、今大学三年で、就活始めてるんですよ。で、会社とか職種とかいろいろ調べてて。それで仁科さんの仕事も気になっちゃってー……」

「き、た、お、か、くーん」

背後から肩をつかんだ三尾さんの低い声に、北岡さんは目を丸くして振り向いた。

「え、俺、またなんかやっちゃいました……？」

「デリカシーだけじゃなくてプライバシーも辞書で調べとこうねー」

「うわーすんません」と声を上げた北岡さんを無視して、三尾さんが仁科さんに深々と頭を下げた。

「申し訳ございません。うちの店員が失礼いたしました。私の指導不足です、本当にすみません！」

仁科さんは眉を上げて「いえいえ」と手を振る。

「かまいませんよ。彼の就職活動の役に立てるなら、大した話ではありませんが、いくらでもお話しします」

そう笑って、彼は北岡さんに目を向ける。

「といっても、僕は新卒で就職した会社を一年半で辞めてしまいまして、転職というか、今は自由にちょっと特殊な仕事をしているので、あまりお役に立てるとは思えませんが……」

「え、特殊な仕事ってどんな？」

またけろりと話に入った北岡さんを呆れたように見た三尾さんは肩をすくめ、私のほうにちらりと視線を送り「こりゃだめだ」と笑った。私は彼女に頷き返しつつ、耳は仁科さんの声を拾う。

「ライターというやつです」

「ライター？」

「まあ、なんというか、出版社から依頼を受けて、いろんな文章を書いたりして食いつないでいます」

その答えを聞いた瞬間、北岡さんが「あっ！」と叫んだ。

「なんか見たことあるなーってずっと思ってたんすよ！」

仁科さんがぴくりと肩を震わせた。貼りつけたような笑顔が少し歪《ゆが》む。

「仁科さんの顔、なんか見覚えあるなってずっと思ってて。で、今日すごいちゃんとした格好してるじゃないですか、それ見てさらに、あれ？　やっぱどっかで見たようなな？　って考えてたんです」

「……はい」

仁科さんは硬直したまま小さく答えた。

「『イケメンすぎる小説家』の西鳴仁《にしなりひと》ですよね！」

北岡さんが嬉しそうな声で言った。その名前を聞いた瞬間、ふと思い出す。

何年か前、たしか私が中学生だった頃、現役大学生が何か大きな賞をとって作家デビューして、テレビでたくさん取り上げられていた。小説なんて興味がなかったのであまりちゃんと見ていなかったけれど、そのとき流行っていた『イケメンすぎる』という言葉とともにすごく話題になっていた。

テレビ画面に映っていたのは、さわやかな感じの若い男の人で、仁科さんみたいに髪は長くなかったし、眼鏡もかけていなかった。

でも、たしかに、こういう顔だったような気がする……そんなことを考えながら、無意識のうちに仁科さんの顔を凝視してしまっていて、目が合ったので驚いた。

気まずさに顔を背ける。彼は小さく笑い、北岡さんに向き直って穏やかに言った。

「よく分かりましたね」

「わ！　やっぱそうなんだ！　西鳴仁！　うわーすげえ、有名人に会うの初めてですよ、俺！」

「こんなに風貌が変わったのに、まさか気づく方がいるとは」

分かりますよー、と北岡さんがにこにこと頷く。

「めっちゃイケメンだなと思ってテレビ見てましたもん。しかも小説とか書くって超賢いわけでしょ、顔もよくて頭もいいとか、神様えこひいきしすぎじゃね？　って友達と話してたんすよー」

「ちょ、ちょっと、北岡くん、ちょっと黙って」

耐えきれなくなった三尾さんが、申し訳なさそうに仁科さんを見る。

「あの、大丈夫なんですか、隠していらっしゃるんじゃ……」

彼女が声を落として焦ったように言ったけれど、彼は「大丈夫です」と微笑む。

「隠していたというより、誰にも気づかれないのでそのままにしていたというだけですから。わざわざ言いふらすようなことでもないですし……」

それならいいんですけど、と三尾さんが答えると同時に、北岡さんがまた口を開いた。

「西鳴仁って本名じゃなかったんですね」

「はい、一応ペンネームです。本名が『仁科利人《りひと》』なので、音はそのままにして漢字を変えただけの、芸のないペンネームなんですが」

「わ、そうなんすね！　本名もかっけー。あっ、サインとかもらっちゃおうかなー、なんて」

北岡さんが冗談ぽく笑って言う。すると仁科さんの顔がふっとかげった。

彼は左の口角を少し上げ、小さく呟く。

「……僕はそんな価値のある人間ではありませんよ」

予想もしなかった言葉が返ってきたので、私はびっくりした。

仁科さんは笑っているけれど、その目は笑えていない。

「自嘲」という現代文の教科書に載っていた言葉を、ふと思い出した。たしか、詩人が虎になってしまう話に出てきた。あれってこういう笑い方のことなんじゃないだろうか。

みんなの戸惑いを察したのか、仁科さんがくすりと笑って「冗談です」と言った。仕事の話が始まってからずっと、彼の態度も表情も、どこかぎこちない。じっと見ていると、膝に置かれた彼の手が、ぎゅうっと握りしめられているのに気づいて、はっとした。やっぱりこの話はしたくないんだ、と思った。

今はたまたまお客さんが少なくて、こちらの会話を気にしている人はいないけれど、もし新しいお客さんが来て話に加わったりしたら、仁科さんはもっと嫌な気持ちになるんじゃ。

三尾さんは私をじっと見て、こくりと頷く。私の不安が伝わったのだろうか。

北岡さんは、とうとう三尾さんに引っ張られてキッチンに連れていかれた。

仁科さんの表情を見て、なぜか私の胸がきゅっと痛くなった。息苦しい。自分以外のことでこんなに苦しくなったのは初めてだ。それがどういう気持ちなのか、私には、まだうまく説明がつかなかった。

◇

その晩、私は公園に行かなかった。行けなかった。

コンビニでおにぎりを買って、公園に向かおうとしたとき、急に足が動かなくなってしまったのだ。

仁科さんの恋人の顔や、一緒にいた彼の笑顔が浮かんできた。それに、テレビに出るような有名な小説家だということが頭から離れなかった。

私は仁科さんのことをなんにも知らなかったんだ、と思い知らされる。いつも公園ではふたりとも黙っているか、私の話をしてばかりで、彼のことを聞いたりしなかった。それは私が訊ねなかったからだけれど、きっと彼自身も私に話すつもりはなかったのだろう。

遠い、と思った。

今まで当たり前のように隣のベンチに座って、何時間も一緒にいたのに、たくさん話もしたのに、急に仁科さんが知らない人みたいに遠く感じられた。

私なんかが気軽に近寄っていいような人じゃなかったんだ。そう思ったら、公園に近づけなくなった。

とりあえず今日は行くのをやめよう。そう思って、久しぶりにそのまま家に帰った。そのときはそうするしかないと思ったのだ。

でも、私はこの日のことをひどく後悔することになった。

次の日、仁科さんは店に来なかった。公園で待ってみたけれど、やっぱり来なかった。次の日も、その次の日も。

そこでやっと私は、自分からは仁科さんに会えないのだと気づいた。

私は彼の連絡先を知らない。もちろん住む場所も知らない。

彼が店に来てくれて、公園に来てくれて初めて、私は彼に会えるのだ。もしも仁科さんが私に会いたくないと思ったら、私は仁科さんにもう二度と会えないのだ。

◆

ベッドに横たわり目を閉じると、とたんに夜の帳《とばり》の中から、言葉の雨が降ってくる。

『小説家だと？　ふざけているのか？　ああ、そういえば小学生のとき、作文のコンクールで佳作だかなんだかもらったことがあったな。それでそんな荒唐無稽なことを言い出したのか。最優秀賞でもなんでもないのに少し褒められたくらいで調子に乗って、みっともない。お前より文才のある人間は掃いて捨てるほどいる。冗談もほどほどにしろ。自分に才能があるだなんて間違っても思うんじゃない』

『お願いだからお父さんの言う通りにしてちょうだい。お母さんがあとでどんなに怒られるか、分かるでしょう？』

『スランプ？　大変だね。まあ悩んだってしょうがないし、普通に会社員やればいいじゃん。よかったね、就職活動しといて』

『先日は弊社まで足をお運びいただき、誠にありがとうございました。あのデビュー作の衝撃を超える傑作を、ぜひとも書いていただけることと確信しております。原稿のほういつごろいただけそうでしょうか。楽しみにしておりますね』

『マジで会社辞めたの？　貯金切り崩して生活？　そんなのいつまで続くかなあ、大丈夫？　ニートじゃん。ハローワークとか行ったら？』

『別れよっか。利人くんには私より合う人が他にいるよ。利人くんのこと養ってくれるような年上の人がいいんじゃない？』

『あー、西鳴仁っていたなー。今何してるんだろ（笑）』

『フォロワーの皆さん、受賞のお祝いコメントありがとうございます！　帯に推薦コメントくださった西鳴仁先生、実は大学の文芸部で一緒だった憧れの先輩なんです。これで僕もやっと少しは近づけたかなーと思うと嬉しい。先輩、最近はマイペースでのんびりやってるみたいで新刊なかなか出ないですけど、楽しみにしてまーす！』

『もしもし、利人か？　お前、まだ作家だなんだと言ってるのか。もう何年も本が出てないらしいじゃないか。受賞なんて偶然だったんだ。だから言っただろう、お前に才能などあるわけがないと。過去の栄光にいつまでもしがみつくな、みっともない』

『ここだけの話、スランプとかなる人の気持ち、全く分からんのよね。俺の場合、書きたい話どんどん思いついちゃって、頭ん中に書きたいもの溜まりすぎてるのに時間ぜんぜん足りん。マジで誰か代わりに書いてほしいくらい。深夜のひとり言なんで、あとで消します（笑）』

　過去に浴びた言葉の雨は、蒸発して空に昇り、雲になって、また僕に降ってくる。無数の棘《とげ》のように鋭い雨となって、僕の上に延々と降り注いでくる。いつまで経っても止まない。

夜はだめだ。眠れない夜は、どうしてこんなに長いのだろう。

言葉の雨に打たれてびしょ濡れになって、全身に突き刺さった棘が僕の動きを封じる。冷たさと痛みと苦しさで、たしかにあったはずの眠気がどんどん僕から離れていき、目が冴えていく。

いつしか僕は、明け方にならないと眠れなくなっていた。

そして、浅い眠りの中では、いくつもの記憶の断片が脳を支配する。


高校生のころは、死にたいと毎日のように思っていた。

正確に言えば、僕に生きている価値があるのだろうか、という疑念がいつも頭の片隅にこびりついていて、それが何かのきっかけでむくむくと膨れ上がったときに、もう死んでしまいたい、という投げやりな気持ちに襲われていた。

今思えば本当に死にたかったわけではないし、死のうと行動を起こしたこともなかった。でも、常に『死』という言葉が側にあって、少しでも心に隙間ができると途端に忍び寄ってきて僕の思考を支配し始めるのだった。

あのころの僕の心が容易に死へと引き寄せられていた理由は、もちろんひとつではないのだろうが、いちばんの心当たりは親との関係だった。

僕の父は家族に対して常に威圧的、そして支配的だった。自分の考えが唯一の正解とばかりに家族に押しつけ、どこぞの国の王様のつもりかと物申したくなるほどに威張り散らし、不機嫌を振り撒き、相手が自分の機嫌をとるのは当然と考えているようだった。何事においてもすべてが自分の思い通りにならないと怒り狂った。

少年期の僕にとっては、ひどく恐ろしく、強大で、逆らうことなど考えもつかないほどに圧倒的な存在だった。

『お前にはなんの才能もない。黙って親の言うことを聞いていればまともな人生が歩める』

幼いころから『医者になれ』と呪いのように繰り返し言われながら育った。

言葉で僕を萎縮させ、歩ませたい道以外は見えないように洗脳し、意のままに従わせて満足気に笑っていた。

常日頃から父に決して逆らえない母は、医者を目指す僕を献身的に支えるように見せかけて、実際には父の呪いの実務者として粛々と僕を監視していた。

中学時代まではそれを異常だと思うことも不満に思うこともなく、言われた通りに勉学に励んでいた。まるで自分の意思を持たない機械人形だ。友達との遊びもあらゆる娯楽も何もかも放棄して、寸暇を惜しんで机に向かっていた。

でも、気づけばそのような生活に疑問を抱くようになった。自ら望んだわけでもない道を目指してすべてを犠牲にして、一体なんのために生きているのか分からなくなった。分からないままに惰性《だせい》で勉強は続けたものの、医者になるために生きているのではないことだけは確かだった。

高校一年の夏、二年次からの文理選択の希望調査が行われたとき、初めて自らの人生について真剣に思いを馳せた。

自分は何を学びたいのか。何が好きなのか。何に向いているのか。どう生きたいのか。

振り返ると、子どものころ本を読むのが好きだったことを思い出した。小学四年から中学受験に向けて塾に通うようになり、読書の時間をとることすら許されなくなったが、それまでは毎日暇さえあれば絵本や児童書や図鑑に読みふけっていた。

久しぶりに、どうしようもなく本を読みたくなった。学校帰りに書店に寄り、いつも行っていた参考書コーナーを素通りして、文芸書の棚に直行した。

目についた本を片っ端から手にとり、あらすじを確認して、2時間以上かけて数十冊を吟味し、一冊を選んだ。

電車に乗ってから読もうと思っていたのに待ちきれず、駅のホームのベンチに座って本を開いた。国語の教科書や試験問題以外で小説を読むのは六年ぶりだったが、一瞬にして本の世界の中に取り込まれ、飲み込まれ、夢中になってページをめくっていた。ベンチに座ったまま読み終えてしまい、塾を無断で休んでしまったことに気がついたが、もうそんなことはどうでもよかった。

家族に人生を搾取され続けた主人公が、自らの手で家庭を打ち壊すという物語だった。ラストシーンで主人公は、空っぽになった家の真ん中に立ち尽くし、心に深い傷を抱えたまま一歩を踏み出す。それは再生への第一歩か、破滅への第一歩か、と締めくくられていた。

ハッピーエンドとは決して言えない結末で、賛否両論は避けられないストーリーだったが、そのときの僕にとっては最も必要な物語だった。

人生とは搾取されうるものであるということ。それを回避するためには、自らの手で何かを壊さなくてはならないときもあるということ。僕が知らなかった、考えもしなかったことが書かれていた。

文理選択は文系にします、僕は医者にはなりません、と両親に伝えると、父は灰皿を壁に投げつけて怒り狂い、母は顔を覆ってさめざめと泣いた。

それでも僕が意志を曲げないことを悟り、数日後父が言った。

『どうしても文系に進むなら法学部に行って弁護士になれ。それ以外は認めない、学費も生活費もビタ一文出さない』

そうまでして僕の人生を左右し、自分の人生の添えものにしようとするのかと、父の頑なな思想に絶望した。

いくら自分の意見を主張して我を通そうとしたところで、親に進路を認められ金銭的な援助をしてもらえなければ、無力な子どもには何もできない。進学することはおろか生きていくことすらできないのだと思い知らされた。

デビュー作は『可視光の夏』という作品だった。

高校二年生のときに初めて書いた小説を、大学生になってから手直しして、タイトルをつけて新人賞に応募したら、運よく大賞を受賞した。授賞式の様子がニュースで流れ、ネットで話題になり、いろいろなメディアから取材を受けた。本の売れ行きも好調で、続々と重版され、ベストセラーと呼ばれた。映画化までされた。

でも全く実感がなかった。いや、どんどんなくなっていった、というのが正しい。書店に山積みにされた自著を見ても、テレビ画面に映る自分を見ても、街で映画のポスターを見ても、なんだか他人事のようだった。『西鳴仁』という名前も、『可視光の夏』という小説も、自分のものだとは思えなくなっていった。

そして、名前が知られるようになるにつれ、痛烈な批判も聞こえてくるようになった。僕は優しい人間でもできた人間でもないけど、せめて小説の中でだけは、優しい言葉を使いたかった。自分の作品にあまり自信がなかったから、批判を受け入れて、次はもっといいものを書こうと思った。

しばらくして二作目、三作目が出版されたが、デビュー作の半分も売れなかった。部数よりも大事なものがあると理解しているつもりだったが、同じ熱量で書いたはずなのに数字上は大きな差があることが示されてしまった。デビュー作はただ話題性で売れただけで実際は自分にはそれだけの才能はなかったのだ、と突きつけられているようで気が滅入った。

僕の物語に救われた、作中の言葉に感銘を受けたと言ってくれた人も、確かにいた。けれど、『現実はこんなに甘くない。ただの綺麗事』とレビューサイトでは酷評ばかりが目についた。

初めて書くのが怖くなった。

それからも何作か出版されたものの、専業作家としてやっていく自信はなかった。執筆のペースを抑え、就職活動を始めた。どちらも中途半端だった。

なんとか入れた会社では、作家として顔を知られていたせいで、針の筵《むしろ》の上にいるような思いをした。からかわれたり嫌味を言われたりして、どんどん孤立し居場所がなくなった。仕事にも熱意を持てなかった。

結局、二年ももたずに退職した。その間に小説は全く書けなくなっていた。

ときどき編集者から連絡が来るが、空っぽの自分には書きたいものが何もない。

僕にはもう何も残っていない。退職してから半年間、家の中に引きこもり、昼夜逆転の生活を続けている。僕の中からは、もう、言葉は生まれない。ダメ人間、クズ人間。なんの価値もない。

夕方から行く喫茶店だけが、外界との接点だった。いちおう仕事をしようと思ってノートパソコンを持ち歩いているが、小説は一文字も書けたことはない。

真夜中の底で、僕はいつもパソコンに向き合い、真っ白なままの画面をぼんやり眺めながら、太陽が昇るのをひたすら待っている。

7章　あなたと会えない時間

◇

『私は更紗のために……』

『もし更紗がいなかったら……』

鼓膜に染みついたように消えない言葉。

心に刺さった棘は、いつまで経っても抜けることなく、ときどき思い出したようにちくちくと痛む。

物心ついたころには、すでにお父さんとお母さんはうまくいっていなかった。ふたりが向かい合って穏やかに話をしていたり、一緒にテレビを見ながら笑い合ったりしているところを、私は一度も見たことがなかった。今思えば家庭内別居という状態だったのだろう。

『私は更紗のために我慢してるだけよ。もし更紗がいなかったら、もうとっくに離婚してるわ』

真夜中、両親が喧嘩をしている声で目を覚ますと、お母さんはよくそう言っていた。その言葉を私はいつも、布団にくるまって目をぎゅっと瞑《つむ》って聞いていた。直接言われたわけではないし、私が聞いているなんて夢にも思っていなかったのだろうけど、だからこそ、お母さんの本心なのだろうと思った。

お母さんは私のために我慢して無理をしているんだ。迷惑をかけたらお母さんは私を見捨ててしまうかもしれない。だから、掃除や料理や洗濯のお手伝いをいっぱいして、宿題や明日の準備もお母さんに怒られないように自分で全部ちゃんとして、いい子にしてないと。

真っ暗な部屋の片隅で丸まって、そんなことばかり考えていた。

沈みかけの泥の小舟に乗っているのに、気づかずにひとりでばたばた足掻《あが》いていたようなものだった。お父さんとお母さんは、とっくに舟が沈むことを知って諦めていたのに、私ひとりだけが、なんとか浮上させようと必死に足掻いていたのだ。

はっと目が覚めて、覆い被さるくらげを押しのけるようにして身を起こした。

鼓動は痛いくらい激しく、息も乱れて、額や頬や首筋に汗で濡れた髪が貼りついている。ふうっと深く呼吸をして、布団から出て窓辺に立った。

外には薄青の闇が広がっている。まだ夜明けは遠そうだった。

うまく寝つけなくて浅い眠りを繰り返す夜は、昔の夢を見ることが多かった。本当にあのころの自分に戻ったような気持ちになって、いつも汗だくになって目が覚める。

視線を落として、窓枠に置いてある黒猫のキーホルダーを手にとった。その頭を撫でてから、ぎゅっと握りしめて胸に当てると、あの日の記憶が甦ってくる。

小学四年生の夏休み、お母さんが私を置いて家を出ていく少し前に、一度だけ、家族みんなで遊園地に行ったことがあった。

両親がどうして突然連れて行ってくれる気になったのか、今でも分からない。

もしかしたらふたりの間で離婚することが既に決まっていて、最後の思い出づくりのつもりだったのかもしれない。泥の小舟が沈む直前に、何も分かっていない愚かな娘に、嘘でもいいから幸せな夢を見させてあげようとしてくれたのかもしれない。

だからあの日、両親は遊園地にいる間は喧嘩をせず、いつもイライラしていて笑顔を見せることがあまりなかったお母さんも、普段より優しかったのだろうか。

不安になるほどがたがた揺れてぎいぎい音がするジェットコースターでも、手作り感溢れる全く怖くないお化け屋敷でも、すっかり塗装の剝げた骨董品みたいなコーヒーカップでも、ハンドルが錆びついていて手が鉄くさくなるゴーカートでも、遊園地ではしゃぐような年ではなかったのにずっと浮かれていた。

アトラクションを次々に回っている途中で、土産物屋さんに当時流行っていたキャラクターのグッズが並んでいるのを見つけた。ただのキーホルダーで、小さな黒猫のマスコットがついているだけなのに、千円近い値段だった。

そんなに好きなキャラクターでもないし、高価すぎると分かっていたから、いつもなら絶対にねだったりしない。

でも、どうしても遊園地に来た記念になるものが欲しかった私は、これ買って、と両親にお願いした。お母さんは初め、園外でならもっと安く買えるのに、と眉をひそめていたけれど、お父さんが『たまにはいいじゃないか』と言ってくれて、お母さんも『そうね』と少し笑って、千円札を私に手渡してくれた。

嬉しくて嬉しくて、店を出てすぐ紙袋から出してまじまじと見つめた。

お母さんが『なかなか可愛いじゃない』と黒猫の頭を撫でた。お父さんは『ちょっと更紗に似てるな』と笑った。

なぜだか泣きそうだった。涙を堪《こら》えながら、『ありがとう』とお母さんに抱きついた。お母さんは何も言わずに私の頭を軽く撫でてくれた。もっと泣きそうになったのを必死に堪えて笑い、リングの部分に人差し指を通してくるくる回しながら歩いた。

あまりにも嬉しかったから、幸せすぎたから、幻になって消えてしまったりしないように、自分の手で直に触れて、その存在を確かめていたかったのだ。

そのあとメリーゴーラウンドや観覧車に乗り、太陽が少し低くなったころ、お母さんがそろそろ帰るわよと言った。もう？　と言いかけて、ちらりと両親の様子を窺うと、ふたりとも疲れた顔をしていた。だから私は黙るしかなかった。夢のような時間はもう終わりなのだと、ふたりの顔を見れば分かった。

俯いて両親の後を追い、バス停に向かう途中で、気がついた。手の中が空っぽだということに。キーホルダーがない。

慌ててポケットや鞄の中を確かめたけれど、どこにもなかった。夢中になっているうちに、どこかに落としてしまったのだ。気づいた瞬間、心臓がぎゅうっと痛くなって、一気に息が苦しくなって、手が震え出して、冷や汗がどっと出てきた。

せっかく買ってもらったのに、私はなんてことをしてしまったんだろう。まだ少しだけ残っていた幸せな気分が、一瞬にして消え失せた。

もしも両親に知られたら、二度と連れてきてもらえないかも、二度とこんなふうにみんなで出かけることはないかも、と思うと、どうしても正直に打ち明けられなかった。

何も言えないまま、ばくばくと暴れる心臓を握り潰すように胸元を押さえながら、帰りのバスに乗り込んだ。車内では、お父さんとお母さんは言葉を交わすこともなく、視線すら合わせなかった。夢はもう完全に醒《さ》めてしまったのだと思った。

あの黒猫だけが、今日のことは幻ではなかったと証明してくれるものだったのに。目の奥が熱くなって涙が滲んだけれど、零れ落ちたりしないように、胸の真ん中に強く強く爪を立てて必死に堪えた。

家に着いてすぐ部屋に置いてあった自分の貯金箱を持ち出して、両親には『公園に遊びに行ってくる』と嘘をついて再び家を出た。『まだ遊び足りないの？』とお母さんが呆れたように言うのを、泣きそうになりながら聞いたのをやけにはっきりと覚えている。我が儘で欲張りな子だと思われていないか不安だった。

またバスに乗って遊園地に向かった。絶対に見つけなきゃと思った。あのキーホルダーだけはどうしても失くしたくなかった。

どこかに落ちているはず、と必死に捜しながら来た道を戻った。

遊園地の入口で券売所のお姉さんに事情を話すと、落とし物係に問い合わせてくれて、黒猫のキーホルダーは届いていないと分かると特別に再入場させてくれた。私は記憶を辿りながら、人波を掻き分けるようにしてその日に通った道、訪れた場所を逆回りに捜していった。見つからなかった。

今度は行っていない場所もくまなく捜した。それでも見つからなかった。

ふと見上げた空の色がずいぶん濃くて、あたりを見てみるとすでに薄暗くなっていた。

閉園時間が近づいていた。来場客たちは出口に向かい始めていた。

慌てて再び周りを見回したけれど、暗さのせいで視界が悪く、広大な園内に落ちている小さな黒いものなど見つけられるとは思えなかった。

失くしたのは、ただのキーホルダーだ。高級品でも貴重品でもなく、店には掃いて捨てるほど置かれていたし、同じものを持っている人は星の数ほどいる。お年玉やお小遣いを少し貯めれば、自分のお金でもまた買うことができる。失くしたからって大したことはない、泣くほどのことでもない。

頭では分かっていたけれど、涙はぼろぼろと零れ落ちて、止めようがなかった。

だって、私にとっては、お父さんとお母さんが買ってくれた、これ以上ないほど特別なものだから。壊れかけの家族がなんとかぎりぎりのところで繋がっている証《あかし》のような、私の喜びと願いがつまった、本当にかけがえのない、世界でたったひとつの宝物だった。それなのに、ちゃんと失くさないように気をつけられなかった私は、なんて馬鹿なんだろう。

失って初めて大切さに気づく。使い古された言葉だけれど、真実だなと思う。

仁科さんと会えなくなって、すでに二週間が経っていた。

彼と過ごす時間は私にとってかけがえのないものだったのに、私は自分の気持ちばかりにとらわれて、最後に会ったあの日、言葉を交わすことすらできなかった。

失ってから大切さに気づいても、もう取り返しがつかない。

◇

「仁科さん、最近来ないな」

閉店後の後片付けをしていたとき、キッチンの掃除をしていた北岡さんがふとぼやいた。その視線は、キッチンカウンター越しに窓際の席へと向けられている。

学校が夏休みに入り、私は毎日昼から夜まで働いているけれど、あれ以来仁科さんは一度もカナリアに姿を現さなかった。公園にも来ない。彼がいない公園は、今の私にとっては誰もいない家以上にずっと空っぽに感じられて、私も行かなくなった。今は毎晩、家でご飯を食べている。

久しぶりにひとりで過ごす夜は長くて、本当に長くて、余計なことばかり考えてしまう。もう何度おまじないをしたか分からないくらいだった。

長すぎる夜の時間に、毎晩本を読んでいる。今読み進めているのは、仁科さんの本だった。

仁科さんがカナリアに来なくなってから、バイトの前に南口の本屋さんに行き、彼の本を探してみたけれど、なかなか見つけられなかった。本を探し慣れていないし、どういう順番で並んでいるかも知らないので、どうやって探せばいいか全く分からなかったのだ。

勇気を振り絞って、近くにいた店員さんに、『西鳴仁という人の本が読みたいんですけど、どこにありますか』と訊ねてみた。彼女はレジの近くにあるパソコンで在庫を調べてくれて、『もう三年以上前の本なので店頭には在庫がないですが、取り寄せができます』と言われた。

数日後に受け取り、さっそくその日から読み始めた。突然いなくなった少年の謎を解き明かしていくという物語だった。たぶんいわゆるミステリーというやつだと思う。『こころ』よりもさらに長くて分厚いし、単語も難しいし、特殊な設定で色んな人の色んな視点で書かれているから、私には荷が重くてなかなか進まず、まだ半分も読めていない。これほど長い文章を書けるのだから、読書感想文なんて仁科さんには余裕だっただろうな、とあの日のことを思い出して、すごく懐かしくなった。

ストーリーは正直、複雑すぎて私には半分も理解できていなくて、こんなに難しくて残酷なシーンもある話を、本当にあの仁科さんが書いたのかな、と私の知っている彼とは別人みたいに感じることもあった。でも、ところどころに、すごく優しい言葉がちりばめられていて、そこを読んだときには、「ああ、これは仁科さんが書いたんだな」と思う。作品に流れる柔らかくて穏やかな雰囲気は、彼そのものだった。あの夜の公園で過ごした時間にとても似ていた。

仁科さんに会えなくても、その言葉に触れているような気がした。いつの間にか、仁科さんに会いにいくようなつもりで、彼の本を開くようになっていた。

これから私がたくさん本を読んで、言葉の力を身につけられたら、仁科さんはまた、私に会ってくれるだろうか。気がついたらそんなことを考えてしまっていて、「そんなわけないか」と自分で自分を笑う。

私にとって仁科さんは特別な人だけれど、綺麗な彼女がそばにいる仁科さんにとっての私も同じだなんて、ありえない。私みたいなつまらない人間が、誰かの特別になんてなれるはずがないんだから。

「やっぱ俺のせいかなあ……」

北岡さんがしゅんとした顔で言うので、私は我に返った。

「仁科さんが来なくなったのって、やっぱ俺のせいなのかな」

私はふるふると首を振る。

「そんなことないと思います。……仕事が忙しいんじゃないですか」

「そうかな？　そうだといいんだけど。更紗ちゃん、優しい……」

「あ、いえ、そういうわけでは……」

「いや、北岡くんのせい説が有力だけどね」

いつから話を聞いていたのか、三尾さんが北岡さんをじとりと睨《にら》んで言った。

「やっぱり仕事のことはあんまり触れられたくなかったんじゃない？　何年も前の話だし、控えめな人だから騒がれるの苦手そうだもの」

彼は「そうっすよね……」と項垂れる。そこにさらに追い打ちをかけるように花村さんが、

「これに懲りて今後は言葉に気をつけてね。口は災いのもとだよ！」

と釘を刺した。

「はーい……」

口許を歪めて今にも泣きそうな声で言った北岡さんの顔がおかしくて、私は少し噴き出してしまった。すると、三人がぱっと私を見て、それから互いに顔を見合わせ、また私を見る。

「え……なんですか？」

顔や髪に何かついているのかと思い、反射的に手で探ると、三人は「違う違う」と声を合わせた。

「更紗ちゃんが笑ったなあって」

「え……」

目を丸くする私を見て、彼らは微笑む。

「さてさて、残りの片付け、頑張りましょう！」

三尾さんの言葉に北岡さんと花村さんは「はーい」と声を合わせ、それぞれの仕事に戻っていった。

再び床にモップをかけながら、そっと頰に触れる。まだ、笑った余韻が残っている気がした。そういえば私は、カナリアにいるときは心から笑うことが多いかもしれない、と思った。

◇

今日は久しぶりにバイトのない休日なので、仁科さんの二冊目の本を受け取りに南口の本屋さんに向かった。一冊目を買ってしばらくしてから二冊目の取り寄せもお願いしておいたのだ。

「西鳴仁、お好きなんですか」

レジで対応してくれた人に突然訊ねられて、財布に目を落としていた私は「えっ」と顔を上げた。若い女の人だった。

「あ……いえ、最近読み始めたばかりなんですけど」

「あ、そうなんですね」

彼女は「超おすすめですよ」と笑って言った。

「最近新刊出てなくて、店頭にもあんまり並ばなくなってるけど、本当にいい作品ばかりなんです。私、高校生のころ、家族関係ですごく悩んでて、毎日死にたいって思ってたんですけど……西先生のデビュー作の『可視光の夏』を読んで、『あ、苦しいなら助けを求めればいいんだ、求めていいんだ』ってようやく思えて。おかげで家を出ることができて、今はすごく幸せなんです」

彼女はきらきら輝く目で語る。

「本当に救われました。だから、つらい思いをしている人に本を紹介して力になれる仕事がしたいなと思って、書店員になったんです。……ってすみません、めっちゃ語っちゃった」

「あ、いえ。……聞かせてもらえて嬉しいです」

素直な気持ちを言葉にすると、彼女はにこっと笑った。

店を出て駐輪場に向かって歩きながら、やっぱり仁科さんはすごい人なんだ、と思う。映像も音もない、紙に印刷された文字だけで、言葉だけで、誰かを救ったり気持ちを変えたり感動させたりできるなんて。

『西鳴仁』とネットで調べてみたとき、読書感想サイトにたくさんコメントがあるのを知った。仁科さんの作品について、さっきの書店員さんのように『救われた』とか『踏み出す勇気をもらえた』とか『感動して涙が止まらない』というような感想がたくさん投稿されていた。

仁科さんもすごいし、小説という存在もすごい。

言葉の力、というのは、こういうことなのかな。仁科さんは自分の言葉だけで、たくさんの人を救ったんだ。誰かを傷つける言葉ばかり吐く人もいる中で、仁科さんは読んだ人の心を守る盾を作った。

そんなことを考えながら歩いていたとき、カフェの横を通りかかった。仁科さんが彼女とデートをしていた店だ。

ずきっと痛む胸を押さえて、思わず店内に視線を走らせる。仁科さんがいるかもしれない、いたらどうしよう、と思ったけれど、見える範囲に姿はなかった。

ふっと息を吐いてまた歩き出そうとしたちょうどそのとき、カフェのドアが開いた。何気なく目を向けて、息を吞む。仁科さんが誰かと一緒にちょうど店から出てくるところだった。連れの人が出やすいように、ドアを開けてあげている。出てきたのは、あのときの彼女だった。

驚いて電柱の陰に身を隠す。別に隠れる必要なんてないのに、普通に「こんにちは」と声をかければいいのに、分かっているのに身体が勝手に動いてしまったのだ。

少しだけ顔を覗かせて、ふたりの様子を見る。

彼女は『中林出版《なかばやし》』と書かれた大きな封筒を持って、ヒールの音をかつかつと鳴らしながら駅のほうへと歩いていった。仁科さんはその反対の方向に足を向ける。

どんどん遠ざかっていく後ろ姿。あ、と反射的に口を開いた。このままじゃ、仁科さんがもっともっと遠くなる。

もう会えなくなってしまうかもしれないのに、ぼーっと突っ立っていていいの？私。

だめだ、追いかけなきゃ。棒みたいに硬直している足をこぶしで叩いて、私は駆け出した。

背が高い仁科さんは、もちろん足も長い。ずんずん歩いていく。道行く人をよけながらだと、なかなか近づけない。私と一緒に歩いているときは、いつも私の歩幅に合わせてくれていたのだと、今更ながらに知る。

必死に足を動かし、やっとあと数歩のところまで追いついた。それなのに、急に不安に襲われた。私なんかが声をかけていいんだろうか。無視されたり、嫌な顔をされたりしたらどうしよう。そう思うと、心臓がばくばく暴れ出し、息がうまく吸えなくなる。

なんとか勇気と声を絞り出して、「あの」と呼びかけた。でも、私のかすれた声は街の音にかき消され、届かない。振り向かずに、遠くなっていく背中。

私は深く息を吐き、それから胸いっぱいに空気を吸い込んだ。

「仁科さん！」

自分でもびっくりするくらい大きな声が出た。あまりにも大声で叫んでしまったので、周りを歩いている人たちが全員振り向いた。視線なんて、仁科さんに会えないことに比べたら、全然痛くない。

仁科さんが、ゆっくりと振り向いた。

「……更紗さん」

たった二週間ちょっと会っていなかっただけなのに、私を見つめる顔が、私の名前を呼ぶ声が、あまりにも懐かしくて、じわりと目頭が熱くなった。

「驚きました。更紗さん、そんな大きな声が出せるんですね」

少し笑ってそう言った声も表情も、いつも通り柔らかくて優しいものだった。でも、見慣れない真昼の光に照らし出された仁科さんの姿は、ずいぶんと荒んでいた。目の下には濃いクマができていて、唇は少しひび割れている。髪はぼさぼさで、うっすらと髭も生えている。シャツもジーンズも皺だらけだった。いったいこの二週間で何があったんだろう。

「……たいへんご無沙汰してしまって、失礼いたしました」

仁科さんが深く頭を下げた。「いえ、そんな」と私は手を振る。

そのとき、立ち止まる私たちの横を通り抜けた男の人の腕が、私の肩に軽くぶつかった。仁科さんは「大丈夫ですか」と私の腕をつかんで、邪魔にならないように通りの脇に寄る。

「あの」

勇気を振り絞って、言う。

「月池公園に、行きませんか。お時間あったら」

彼は少し目を見開き、それから「はい」と微笑んだ。

◇

「……ずっと、真夜中の底にいました」

真昼の公園の片隅で、仁科さんはぽつりと口を開いた。

真夜中の底、と私は唇だけで呟く。同じことを、私も感じたことがあった。誰もいない、なんの音もしない、ただただ真っ暗な夜の底。

夜とは違って、遊歩道にもベンチにも遊具のある広場にも、たくさんの人がいる。家族連れやカップル、子どもたちの集団。どこを見ても、明るい笑顔に満ちている。

真っ白な陽射しの中で、眩《まぶ》しそうに目を細めて人々の様子を眺めながら、彼は静かに語り始めた。

「糸が切れたように外に出られなくなって、カナリアにもここにも来られなくなってしまって、ずっと真夜中の底のような部屋の中に引きこもっていました。……急に姿を現さなくなったので、びっくりしたでしょう。申し訳ありませんでした」

「いえ、はい……いえ。謝らないでください」

我ながら曖昧な返事をしてしまう。たしかに驚いたし、不思議だったし、寂しかったけれど、疲れ果てたような顔とかすれた声を前にしたら、正直には言えなかった。

仁科さんは小さく笑って続ける。

「……北岡さんから『小説家の西鳴仁か』と訊ねられて否定しませんでしたが、僕は本当はもう一年以上、ひと文字も小説を書けていないんです。そんな状態でみなさんに会って、小説家として話をするのが心苦しくて、店に行けなくなってしまいました。ついさっきも、デビュー作からずっとお世話になっている出版社の編集担当の方に、そろそろ本腰を入れましょうと活を入れられていたところです」

あの綺麗な女の人、恋人じゃなかったんだ。彼の真剣な話を聞きながらそんな利己的なことを思ってこっそり安堵している自分が、少し嫌になる。

「まともに筆が進まなくなってからは、もうどれくらいかな……。小説以外の文章の仕事がときどき入ってくるので、それで食いつないでいるような状態で……。今の僕は小説家だなんて名乗っていい人間ではありません。でも……」

彼はそこで急に話すのを止めた。

何か言ったほうがいいかなと思ったけれど、仁科さんは返事が欲しいわけではなさそうに見える。ただ話したいだけのように思えたから、私は黙っていた。私がお母さんの話をしたとき、仁科さんが黙って聞いてくれたのと同じように。

しばらくして彼はまた口を開いた。

「……でも、みっともないところを人に見せたくなくて、格好つけてしまいました。

そんな自分がさらにみっともなくて、情けなくて、自己嫌悪に陥って、引きこもっていたというわけです」

仁科さんが自嘲するように笑った。

いつも揺るがない幹のようだった仁科さんが、初めて見せる一面だった。

この内側の弱さや脆さを、丁寧な言葉や穏やかな物腰で隠して、外に見せないようにしてきたんだ。仁科さんはきっと強がっていたんだ。大人だって弱いところがあるんだ。当たり前のことなのかもしれないけれど、初めてそれを実感する。

「……格好つけるのって、いちばん格好悪いですよね」

思わず呟くと、仁科さんがはっとこちらを見た。それから「ははっ」と笑い、笑ったまま髪をかき上げ、空を仰ぐ。

「刺さりました。ああ、痛い、痛ぃ」

胸のあたりを押さえて言う彼を見て、勘違いをさせてしまったことに気づいた私は慌てる。

「あ、あの、すみません、違うんです。仁科さんじゃなくて、自分に言ったんです。……私もいつも格好つけて、平気なふりというか、大丈夫なふりをしちゃうので……

それって、相手にばれたらいちばん格好悪いことだよなって、ちょうど最近考えてたところだったので」

私らしくもなく、ものすごく早口で弁解した。私ってこんなにしゃべれたっけ、と少しびっくりする。

仁科さんは澄んだ眼差しをこちらに向けて、黙って私を見ていたけれど、

「そうですね。そうですよね……」

と小さく笑った。

「……僕の父は、絵に描いたような『厳格な父親』でした。僕は幼いころから歩む道を決められ、それに従ってひたすら歩き続けていました。でも、成長するにつれて次第に疑問を抱くようになって……」

仁科さんはひどく虚ろな目をしていた。

私はすっと池のほうに目を移す。太陽の光に照らされて白く輝く水面。眩しくて私は目を細めた。でも、この明るい姿の裏に、本当は暗い夜の姿も隠れているのだ。

「そうすると、がむしゃらに歩いていたときに比べて随分スピードが落ちてきて、他の道に目が向くようになりました。もちろんそんなことが許されるはずはなく、僕は

父に激しく叱られ、蔑まれ、見下されましたが、僕の心はもう親の望む道からは離れてしまっていました。別の道を歩みたいのに、決められた道から踏み出すことは認められない。一生出られない鳥籠に閉じ込められたような閉塞感の中で、見動きもとれずにいました。とても苦しかった……」

私には想像もできない世界だった。私の家では、何かをしなさいと強制されたことは一度もない。学生時代の仁科さんはどれほど苦しかったんだろうと考えるだけでつらくなった。きっとそのころの彼は、言葉の鎧を持っていなかったのだろう。

もし過去にタイムスリップできたなら、私はまっすぐに彼のもとに行って、言葉の盾で守ってあげたいと思う。そんな力は、まだないけれど。

「そんなときに、『運命の本』に出会ったんです」

ずっと何かに押し潰されたように低くかすれていた仁科さんの声色が、ふいに変わった。

「ページをめくった瞬間、僕は物語の世界の住人になり、我を忘れて夢中になりました」

当時の気持ちを思い出したように語る仁科さんの目が、きらきら輝いているように見える。

「そのときの僕にとってまさに必要な言葉が、その本の中に書かれていました。力強い言葉に救われ、励まされ、勇気が湧いてきて。そして僕は生まれて初めて自分の意志で行動することができました。そのときに、『言葉の力』を知ったんです」

嬉しそうに微笑む顔を見て、私もつられて口許が緩んだ。

「それからしばらくして小説を書き始めました。書くのが楽しくて楽しくて、むしろ今まで書かずに生きてこられたのが不思議なくらいでした。デビューが決まってからは、昔の自分のような誰かを言葉の力で救いたいという気持ちで、意気込んで書いていました」

次の瞬間「でも」と呟いた彼は、膝の上に置いた手にふっと視線を落とした。その目はまた輝きを失っていた。

「すぐに書けなくなりました。自分が言葉の剣で見知らぬ誰かを突き刺してしまったのだと知ったからです」

私は目を見開いた。

「仁科さんが……？　本当に？」

信じられなかった。彼の言葉は、私の知る限り、いつだってとても優しくて、思いやりに満ちている。会話の中でも、小説の中でも。そんな彼が言葉で誰かを傷つけたなんて、想像もつかない。

仁科さんは「本当です」と口許を歪めた。

「小説で、読者を傷つけてしまったんです」

私は何も言えずにただ彼を見つめる。

「……家のことで悩み苦しんでいる主人公に、『苦しいなら逃げればいい。助けを求めればいい。手を差し伸べてくれる人はきっといる』と語りかけるシーンを書きました。僕にとってはとても大事な、思い入れのある台詞だったんですが、『逃げ場なんてない。逃げたら野垂れ死ぬだけ。誰も助けてくれなかった。助けを求めても無視された。現実はこんなに甘くない。ただの綺麗事』というレビューが書かれているのを見てしまって……。自分を苦しめる場所からは逃げてほしいと伝えることで、誰かを救えたらと思って紡いだ言葉だったのに、傷つけてしまった。言葉の盾を届けるつもりが、凶器になってしまっていたんです」

仁科さんは、ひどく苦しそうな声で言った。

「確かに、手を伸ばしたところで誰もが救われるわけじゃない。必死でSOSを出して助けを求めていたのに、誰にも気づいてもらえず見過ごされて、あるいは聞こえたはずなのに真剣に取り合ってもらえなくて、もしくは気づかないふりをされてしまって、そうやって失われた命もこの世にはたくさんある。分かっていたはずなのに、僕は綺麗事ばかりを書いてしまっていた」

ぽつぽつと語る顔には、強い後悔が滲んでいる。

「僕は言葉に対する向き合い方に真摯さが足りなかったのだと、思い知らされました。自分とは違う背景や考え方、感じ方をもつ他人の立場に立って考えることができていなかった。全く悪意のない、希望や祈りを込めた言葉でも、誰かを傷つけることがあると、分かっていなかったんです……」

あまりにも苦しげな横顔を見ていられなくなって、私は自分の足下に目を落とした。陽射しを遮る頭上の木々が、濃い影を落としている。

「世間を見渡してみたら、悪気なく人を傷つけてしまう言葉というのはそこら中に溢れていると気づきました。『結婚して幸せになってくれて嬉しい』とか、『早く孫の顔が見たい』とか、『運良く大学に合格できた』とか、『つらい治療を乗り越えてすごい』とか、『神は乗り越えられる試練しか与えない』とか……他にもたくさんあります。どれも純粋な祝福や願望、謙遜や賞賛や励ましの言葉のはずなのに、『そうではない』人にとってはとても痛い言葉になってしまう。どんなに『善い言葉』も、誰かにとっての攻撃と背中合わせになっている」

私は頷くことしかできなかった。私だって、きっと知らないうちに誰かを深く傷つける言葉を吐いてしまったことも、悪意のない言葉に勝手に傷ついたこともある。

「言葉ってなんて恐ろしいんだろう。人を傷つけるつもりで吐かれた言葉も怖いけど、善意で相手を傷つけてしまう言葉がいちばん怖い。……そう思い始めたら、どんどん小説が書けなくなっていったんです」

仁科さんの苦悩の深さが伝わってきて、どう言葉をかければいいか分からなくなってしまう。私はずっと言葉にすることから逃げてきたから、慰めたり励ましたりしたいと思っても、何も言えない。それが悔しい。

でも、絶対にここで逃げたくなかった。へたくそでもいいから、この気持ちを伝えなきゃ。

私は意を決して口を開いた。

「私、仁科さんの本を、読みました」

えっ、と彼が目を見開いた。

「この中にも、一冊入ってます。……見ますか？」

膝の上のバッグを指差して言うと、彼は焦った様子で「大丈夫です」と首を振った。

「……あの、正直、私には難しくて、全然理解が追いつかなかったんですけど……」

「それは……すみません」

「あ、いえ、それは私の読解力のなさのせいなので」

今度は私が首を振り、それから「でも」と続ける。

「仁科さんの本を買ったとき、お店の人が、仁科さんの言葉に救われたって言ってました。仁科さんの本のおかげで勇気が出て、今は幸せだって、笑顔で」

「……はい」

仁科さんが静かに頷く。きっと彼のもとにも、そういう読者の声は届いているのだろう。

「……たしかに、誰かを傷つけてしまったのかもしれないけど……。でも、たくさんの誰かを救ったのも本当です。仁科さんは、仁科さんの言葉の力は、すごいです」

黙って一度頷いた彼が、くすりと笑った。びっくりして「どうしたんですか」と訊ねると、彼は「いえ」と笑ったまま言う。

「僕は以前、更紗さんに、あなたの言葉の鎧はきっとまだ脆いと言いましたが、あれは少し間違っていたなと」

「え……？」

「更紗さんは、自分を守るための言葉を使うのは少し苦手なのかもしれませんが、更紗さんの、誰かの気持ちを温めるための言葉の力は、とても素晴らしいです」

私は眉をひそめて彼を見つめ返す。まったく心当たりがなかった。

すると彼は、「あのときも」と言葉を続けた。

「前に読書感想文の話をしたとき、更紗さんが、『本が好きなんですね』と言ってくれたでしょう」

「あ……はい」

言ったあとの仁科さんの反応がどこかおかしくて、気になっていた。

でも今、彼は、とても柔らかな微笑みを浮かべている。

「あのときに、僕は、すごく本が好きだったことを改めて思い出して……。引きこもっている間に、久しぶりに、仕事のためではなく純粋に自分の楽しみのために、本を読みました。二週間部屋にこもって読み続けて、運命の本も、数年ぶりに読みました」

仁科さんは、きらきらとした瞳で笑っている。

「自分がどうして小説を書き始めたのか、やっと思い出せました。そしてずっと逃げてきた新作についての打ち合わせを、担当さんとしてみようという勇気が湧いてきたんです。久しぶりに本の世界に没頭して……まだ言葉の力を信じていけると確信できたから」

そこまで言って、ずっと俯いていた仁科さんが、ふいに顔を上げた。

「更紗さんの言葉が、立ち直るきっかけになったんです」

私は何も答えられないままふるふると首を振る。そう言ってもらえて嬉しいけれど、私なんかが仁科さんに影響を与えたなんて、やっぱり信じられない。

でも、彼はまた「本当です」と言って、私に頭を下げた。

「ありがとうございます。更紗さん」

私は速い鼓動を感じながら、なんとか「こちらこそ」と小さく答えた。

仁科さんがふいに立ち上がった。まっすぐに背筋を伸ばして、真昼の光を全身に浴びながら、明るい公園を愛しげな眼差しで見つめる。

しばらくして、嚙みしめるように彼は言った。

「ずっと小説から逃げてしまっていたけれど……でも、それでも、もしもまた書けるなら、まだ書けるなら、やっぱり僕は、かつての自分と同じ苦しみを抱える人のために、言葉を紡いでいきたい。僕はまだ言葉の力を信じたい。まだ信じている。……これが、引きこもっている間に僕がやっと辿り着いた結論です」

仁科さんはもう答えを出していたんだ、と思う。

誰にも相談せず、誰にも頼らず、たったひとりで悩んで、苦しんで、それでも逃げずに、自分の力だけで、再び歩き出すための道を見つけ出した。

なんて強い人なんだろう。弱さも、強さも、どちらも仁科さんは持っているのだ。

「本当は……この結論も、更紗さんのおかげなんですよ」

私は怪訝《けげん》な顔で「え？」と首を傾げる。仁科さんがふふっと笑った。

「僕は、更紗さんに、言葉の力をもっと信じてほしいなあ、と思ったんです。あなたはとても苦しんでいて、でもそれを言えずに耐えていたから……。だけど、自分の信じていないものを人に強要するわけにはいかないでしょう？　だから、僕は誰より言葉の力を信じていなくてはと思ったんです」

そう言って私を見た顔には、晴れやかな笑みが浮かんでいた。こんなに澄んだ彼の笑顔を見たのは初めてだった。

「きっとそんなにすぐにうまくはいかないでしょうが……僕はまた小説を書き始めます。だからあなたも、どうか自分の気持ちを、拙くてもいいから言葉にして、ちゃんと相手にぶつけてみてください」

「はい」と私は笑って返事をした。きっと今まで生きてきた中でいちばん力強い声で。

「今日は僕の話ばかりだらだらと聞かせてしまいましたね……」

仁科さんがまたベンチに腰を下ろし、少し照れたように笑った。

「いえ、楽しかったです」

そう答えてから、これでは彼の苦悩を聞くのが楽しかったというように聞こえてしまうんじゃないかと気づいて焦る。

「いえ、あの、そうじゃなくて。……仁科さんと久しぶりに会えて、話ができたので、楽しかったし、嬉しかったです」

慌てすぎて、すごく恥ずかしいことを言ってしまった。一気に熱くなった頬を、両手で覆い隠す。

目を丸くして私を見ていた仁科さんが、「それはよかった」と笑った。

「ずいぶんお待たせしてしまって、すみませんでした」

いいえ、と首を振ってから、私は独り言のように呟く。

「……大人も悩んだりするんですね」

仁科さんが目を丸くして一瞬動きを止め、それから「そりゃあ、そうですよ」と眉を下げて笑った。

「大人だって、悩んで苦しんで、誰かを羨んで自己嫌悪に陥って、格好悪く足掻いてばかりです」

私はくすりと笑って答える。

「いいえ、格好いいです。もうだめだって諦めてるより、なんとかしたいって足掻いてるほうが、格好いいと思います」

だって、私はずっと諦めてばかりだったから。いつからか、何もかもどうにもならないと思い込んで、足掻くことを諦めてしまっていたから。

でも、仁科さんが、そんな私に力を与えてくれた。

隣を見ると、彼は大きな手で口許を覆い、真っ青な空を見上げていた。

「……？　どうかしましたか？」

「いえ……。更紗さんの言葉は、ときどきまっすぐすぎて、どんな顔をすればいいか分からなくなってしまいます……」

戸惑ったように仁科さんが言うので、私は慌てて「すみません」と謝った。すると彼がこちらを振り向いて、「いえ、そういう意味ではないので謝らないで」と言う。

「嬉しい、という意味ですから」

その顔がいつもより赤いように見えて、私はぽかんとしてしまった。

風が吹いて木々を揺らし、陽射しに温められた首筋と、いつもより熱い頰をそっと撫でていく。

私たちは目を細めて、明るい公園のまっさらな夏景色をいつまでも眺めていた。

会えなかった時間を埋めるように、暗くなるまで公園でカナリアの仲間たちの話をしたり、ちょっと怖い中林出版の編集担当の人の話を聞かせてもらったりして、家に帰ってお風呂に入ったら、いつにない眠気が襲ってきた。
まだ早いけど、もう寝よう。
きっと今日は秘密のおまじないをしなくても眠れる気がする。
窓辺の黒猫が、優しい眼差しで私を見つめていた。

8章　黒猫のキーホルダー

◇

あの夜、どこを捜しても見つからなかったキーホルダーを捜しに、遊園地のすぐ近くにあったコンビニに足を踏み入れた。

視界が滲んでいてうまく捜せなくて、袖で必死に涙を拭って、お店の人に聞こうと思ってもその力が残っていなかった。真夜中の底にひとり取り残されてしまったようだった。真っ暗で何も見えなかった。涙を流しながらへなへなと床に座り込んだ。

『大丈夫ですか？』

そのとき突然声をかけられて、驚いて顔を上げると、店員のお兄さんが、私の真横に腰を屈めて、じっとこちらを見つめていた。

『どうしましたか？　迷子ですか？』

『迷子じゃありません。大丈夫です』

反射的に、震える声でそう答えた。迷惑をかけたらいけないと思った。

『お父さん、お母さんとはぐれちゃったんですか？』

とても静かで穏やかな声で訊ねられて、どんどん気持ちが落ち着いていくのを感じた。

『違います。お母さんたちの場所は分かってます』

『そうなんだ、よかったです。じゃあ、どうしてひとりでここに？』

『……遊園地で買ってもらった、キーホルダーを、失くしちゃって……』

口に出してみると、なんでそんなちっぽけなことで、人目も気にせずあんなに泣きじゃくっていたんだろうと、自分でもおかしく思った。お兄さんもきっと変な子だと思っているだろうと恥ずかしくなった。

でも、彼は目を丸くして、それからとても心配そうな声で言った。

『それは大変だ。どこで落としたのか分かりませんか。コンビニの中にありそうですか？』

『……いえ、コンビニには入ってないので、あっ、さっき初めて入ったので、えと、失くす前は入ってないので……コンビニにはない、と、思います……』

しどろもどろに説明する私の言葉を、お兄さんは何度もゆっくりと頷きながら聞いていてくれた。いつの間にか涙はすっかり引っ込んでいた。

『じゃあ、遊園地の中で落とした可能性が高いでしょうか』

『そう、だと、思います……』

『分かりました。じゃあ、戻って捜してみましょう』

お兄さんがさっと立ち上がって、また私を手招きしながら遊園地の入口のほうに歩き出したので、私はびっくりして『大丈夫です！』と声を上げた。

『あの、もう、閉まっちゃったので、無理だと思います。入れないと思います』

立ち止まった彼が、じっと私を見ていた。

『もういいんです、ただのキーホルダーだし……』

お兄さんは何か考え込むように少し俯いた。

もう帰ります。そう言おうと思ったとき、彼がぱっと目を上げた。

『やってみないと、分からないですから』

その顔には、さっきまでの穏やかなものとは違う、力強い笑みが浮かんでいた。

お兄さんは私を少し離れたところに待たせて、出口で客を見送り終えたスタッフの男の人に声をかけた。

男の人は無線で誰かに連絡してから、小さく首を振りながら何か説明を始めた。

安全、とか、責任問題、とかいう単語が聞こえてきた。

それから私のほうを見て、『おうちの電話番号、分かるかな？　もし見つかったら連絡するから』と言った。頷こうとしたら、お兄さんが『でも』と強い口調で言った。

『この子はずっとひとりで捜してたんです。きっと今すぐにでも見つけて、自分の手で確かめたいんです。来るかも分からない連絡を待ち続けるなんて酷です』

でも規則でね、と渋るスタッフの人から引ったくるようにして手にした無線機に、お兄さんは懇願するように語りかけた。

『お願いですから、中に入らせてください。見つかるまで捜させてもらえませんか』

どうしてこの人は、赤の他人の私のために、こんなに必死になってくれるんだろう。

子ども心に不思議だった。それくらい彼は必死で、強情だった。きっと何度も断られているのに、それでも話し続けた。

『十歳くらいの女の子です。こんなに小さな子が、ひとりぼっちで泣きながら捜してたんですよ。それだけで、この子にとってどれだけ特別で、どれだけ大切なものなのか、分かるでしょう』

『僕が責任を持って付き添います。必ず無事に親御さんのもとに帰しますから、どうか入らせてください』

そうやって、ほとんど強行突破するような形で、営業終了後の園内に、30分だけという約束で入らせてもらった。

お兄さんは当たり前のように一緒に捜してくれた。どんどん暗くなっていく中で、文句ひとつ言わず、むしろ私よりもずっと真剣な顔で、地面の隅々まで目を凝らしてくれた。

しばらくすると、イルミネーションがひとつまたひとつと消えていき、遊園地の中はどんどん暗くなっていった。あたりを見回すと、観覧車もメリーゴーラウンドもコーヒーカップも、何ひとつ動いていない。まるで死んだ街のような暗さと静けさが、私をひどく焦らせた。

なんで落としちゃったんだろう。あのとき袋から出したりしないで鞄にしまっておけばよかったのに、浮かれて振り回しながら歩いて、落として失くして、私のせいで全部だめになっちゃうんだ。足下が崩れていくような恐怖が、また甦ってきた。

悲しみや恐怖や情けなさ、色んな感情がごちゃ混ぜになって胸の真ん中で渦巻いていて、止まったはずの涙がまた込み上げてきた。俯いてキーホルダーを捜すふりをしながら、ワンピースの胸元をぎゅっと握りしめて、溢れそうな涙を抑え、洩《も》れそうな嗚咽を押し殺した。

そんな私に、彼はすぐに気がついた。ふと足を止めて私を見下ろし、すっと身を屈めて私と目線を合わせた。

そして私の手をそっとつかんで、『大丈夫、大丈夫』と微笑んだ。そして、おずおずとこちらに手を伸ばし、慰めるようにゆっくりと頭を撫でてくれた。

『大丈夫だよ、絶対見つかるよ』

あたたかい、優しい声だった。

その優しさが、手のぬくもりが、嬉しかったのになぜか私の涙を溢れさせた。

とても悲しいときや悔しいとき、ひとりなら泣くのを我慢できるのに、誰かに声をかけられたとたんに涙を堪えきれなくなるのは、どうしてなんだろう。涙がひと粒でも零れると、もう止められないのはどうしてなんだろう。

堰《せき》を切ったように泣き出した私に、お兄さんは遠慮がちに頭を撫でながら、静かに『大丈夫、大丈夫』と繰り返していた。

でも、その声が優しければ優しいほど、どんどん泣けてきてしまって、しまいには息をするのもやっとというほど嗚咽が激しくなっていた。

『大丈夫だからね。ほら、ゆっくり吐いて、ゆっくり吸って……』

自分の泣き声の合間に、彼の言葉がすうっと耳に入ってきた。

『つらいな、苦しいなってときは、まず深呼吸をするといいんだって。身体の中の古い空気は全部吐き出して、新しい空気を胸いっぱい吸い込むんだ』

『……っ、はい』

私はしゃくり上げながら頷いて、言われた通りに意識して、深く息を吐き、大きく吸った。とたんに新鮮な空気が胸いっぱいに満ちて、それから身体の隅々まで行き渡って、本当にそれだけでずいぶん楽になったような気がした。

ひとしきり泣いて、少しずつ涙がおさまり、しゃくり上げながら顔を覆っていた手を外すと、彼は目を細めて笑って、こう言った。

『悪いものが来たときは、深呼吸して、とんとんとん、です』

聞き慣れない言葉に、私はぱちぱちと瞬きをした。睫毛に残っていた涙が、小さな水滴になって飛び散った。

『深呼吸して、とんとんとん？　ですか？』

『そう。深呼吸して、とんとんとん』

『なんですか？　それ』

『外国のおまじないです』

そう答えてから、お兄さんは少し眉を下げて苦笑いを浮かべた。

『……どこの国だったかは、ちょっと忘れてしまったんですけど』

『ええー、忘れたの？』

『忘れちゃった』

照れたように笑って答えたお兄さんの、その言い方がなんだかとてもおかしくて、私は思わず声を上げて笑った。すると彼もふふっと噴き出した。

　ひとしきり笑い合ったあと、お兄さんは近くにあった木製のベンチに私を座らせてくれた。そして自分は私の真正面にしゃがみ込んで、軽く握ったこぶしでベンチの座面を三回、ノックするように叩いた。

『悪いものが来たとき——嫌なことが起こったり、悲しい気持ちになったり、苦しくなったりしたときは、こうやって魔除けをするんです』

『魔除け……』

『そうです。悪いことが起こりませんように。何もかもうまくいきますように。たくさんの幸せが訪れますように。そういう願いを込めて、木のテーブルとかドアとかを三回、とんとんとんって叩くと、悪いものはどこかへ飛んでいって、幸せがやってくるんだそうです』

　お兄さんがにこりと笑って言った。

『なんで木なんですか？』

『さあ、なんでだろう……音がいいから、とか？』

　うーん、と眉をひそめて首を傾げながら言った彼の仕草がおかしくて、私も思わず首を傾げた。ふたりで顔を見合わせて、また笑った。

『ああ、でも、木には神様が宿るって考えを何かで読んだ気がする』

お兄さんがふと思い出したように呟いた。

『だから、悪いものや怖いものから守ってください、って木の神様にお願いするのかもしれません』

『……このおまじない、効きますか？　お兄さんには、悪いものは来なくなりましたか』

そう訊ねると、彼は困ったように眉を下げた。

『ごめんなさい。実は僕も今日初めてやったので、効果のほどは分かりません』

『えっ、初めてなの？　なんで？』

てっきり彼自身が何度も繰り返しているおまじないだと思ったので、びっくりしてしまった。

『いや、うん、そういえば、なんでだろう……』

お兄さんは考え込むように顎に手を当てて、ゆっくりと答えた。

『嫌なものを、追い払おうと思ったことが、なかったからかな。ずっと前に本で読んで知ったんだけど、自分でやってみようとは思わなかったんです』

そっか。お兄さんにはきっと、嫌なことが起こったことがないんだ。だってこんなに優しい人だもん。おまじないなんてしなくても、神様が守ってくれてるんだ。

子どもだった私はそう考えて、ふふっと笑いながらベンチをこんこんこんと叩いた。

お兄さんが嫌な思いをしたことがなくてよかった。これからもずっと嫌な思いをしないですむといいな。神様ありがとう、これからもお兄さんをよろしく。そんな思いを込めて、叩いた。

すると彼も同じようにベンチを叩きながら私を見つめた。

『大丈夫、大丈夫。もう何も怖くない。君にはもう嫌なことは起こらない』

励ますように、祈るように彼は言った。

心があたたかいミルクで満たされたみたいな気分になって、すごくすごく嬉しかった。本当にもう大丈夫だという気がした。

だから私も真似をして言った。

『お兄さんにも、これからもずっと悪いことは起こらない』

すると彼は驚いたように目を瞠《みは》り、それからふっと微笑んだ。

『ありがとうございます。すごく元気が出ました』

捜索を再開して十分ほど経ったとき、地面に手をついて植木の中を覗き込んでいたお兄さんが、『あっ、キーホルダー！　もしかしてこれ!?』と声を上げた。

慌てて駆け寄ると、大きなゴミ箱と植木の隙間に落ちていたものをお兄さんが拾い上げ、手のひらにのせて私に見せてくれた。

『あっ、これだ！　これです！』

思わず叫ぶと、彼はぱあっと顔を輝かせた。

『これですか！　ああ、よかった！』

まるで自分のことのように、彼は心から嬉しそうに笑っていた。

『おまじない、効きましたね』

受け取ったキーホルダーを胸に抱いて私がそう言うと、『効きましたね』とおかしそうに笑った。

『本当によかった……』

噛みしめるように言ったお兄さんの表情を見て、喜びが込み上げてきて、また涙が溢れた。

『見つかってよかったね。さあ、帰ろう』

優しい声に涙腺が崩壊したように、私はその日いちばん大きな声でわんわん泣いてしまった。

あの日きっと私は、一生分くらいの涙を流したと思う。悲しみの涙と、喜びの涙。そして見ず知らずの私のために、全力を注いでくれた彼への感謝の涙だった。見知らぬ誰かからあんなにも親切にしてもらったのは、あれが初めてだった。

神様がもし本当にいるなら、きっとこのお兄さんみたいな人だ、と思った。

どうしても涙が止まらなくて、泣きながらバス停に向かった。お兄さんは何も言わずに私の手を引いてくれた。バスに揺られている間もずっと手をつないでいてくれた。あたりはもう真っ暗だったけれど、私の周りはもう真夜中ではなかった。泣きたくなるほど優しい光に包まれていた。

真夜中の底にひとり沈んでいた私に、お兄さんが手を差し伸べてくれたから。

黒猫を抱きながら、机の上の写真立てを手にとる。

あの日の遊園地で、お父さんとお母さんと私の三人で撮った、最後の家族写真。お父さんが珍しく『写真を撮ろう』なんて言い出したのも、離婚が決まっていたからだったんだろうか。

お父さんもお母さんも私も、どこかぎこちない笑顔だった。何も問題のない幸せな家族を必死で演じているような。

どうしてお父さんたちは、離婚することになってしまったんだろう。それはもちろん私には分からないし、お父さんに訊くつもりもない。

子どものころに見ていたふたりは、ほとんど会話もせずにいつもお互いに背中を向けていた。たまに口をきくときは喧嘩をするときで、お母さんがイライラしたように声を荒らげ、お父さんは押し黙って聞いているか、ぼそぼそと反論しているかだった。

もしかしたらふたりには会話が、言葉が足りなかったんじゃないか。もっとちゃんと向き合って、会話して、お互いの気持ちを、上手くいかない理由を正面から見つめていたら、何か変わったんじゃないだろうか。

仁科さんに教えてもらったことを考えたら、そういう気がしてきた。

私は壁の時計を見て時間を確かめ、スマホを手に取った。お父さんは今、休憩時間のはずだ。通話ボタンをタップする指が、少し震えた。

初めてお父さんに電話をかける。ずっと、仕事の邪魔をしてはいけないと思っていたから。でも、本当はそれだけじゃなくて、電話をかけて迷惑そうな声で返されたり、そっけない態度をとられたりしたらと思うと怖かったのだ。傷つくのが怖くて、逃げていた。

だけど、それじゃ何も変わらないから。

私は深呼吸をして、呼び出し音の途切れた電話の向こうに語りかける。

「――もしもし、お父さん？」

『えっ、あ、更紗？　どっ、どうしたんだ？』

電話に出たお父さんは、ひどく慌てたような声をしていた。こんなに動揺しているお父さんの声を聞くのは初めてかもしれない。

『どうした、何かあったのか？』

そうか、私が電話をかけるなんて初めてだから、何か問題が起こったと思っているんだ。

私は「違うよ、大丈夫」と答えて、また大きく息を吸い込む。

怖いけど、不安だけど、言わなきゃ。今気持ちを伝えないと、きっと私はまた言葉を飲み込んで、伝える勇気を手放してしまうような気がする。

「ちょっとお父さんに……お願いしたいことがあって」

お父さんはまた動揺した声で『えっ』と言った。

「いつも仕事を頑張ってくれてありがとう。でも、でもね……」

深呼吸をしようと思っているのに、緊張で息が浅くなってしまう。それでもなんとか声を絞り出した。

「……もっと家にいてくれたら……嬉しい」

『え……っ』

お父さんが戸惑った様子で言う。

『……父さんが家にいるの、嫌なんじゃなかったのか？』

「えっ？　何それ、どういうこと？」

私はぽかんとしてしまう。そんなことを言った覚えはない。するとお父さんがしどろもどろに語り始めた。

『いや、だって……離婚することになったのは父さんのせいで、父さんが更紗から母親を奪ってしまったから……だから更紗は父さんとは一緒にいたくないんだろうと思って、あえて家にいる時間がかぶらないようにしてたんだよ……違ったのか？』

お父さんが私からお母さんを奪った？　だから一緒にいたくない？　そんなことは一度も思ったことはない。

「全然違うよ……どうしてそんなこと？」

するとお父さんは、更紗は覚えてるか分からないけど、と小さく呟いた。

『母さんが出て行った日の夜、父さんが夕食にカレーを作ったら、更紗は「お母さん」って呟いて泣き出して、ほとんど手をつけないで残した。やっぱり母親の料理がいいよな、これからちゃんと料理の勉強をしようと思ってたら、次の日から更紗は自分でご飯を作り始めた。そんなに父さんの料理は嫌なのかと思って……』

「そんな、そんなこと思うわけないよ。お父さんがご飯作ってくれたの、すごく嬉しかったよ」

あのときのことを思い出す。お父さんの料理があたたかくて、お父さんが優しくて、とても嬉しかった。そのせいで、堪えていた涙が溢れてきて、お母さんがいなくなった寂しさや悲しさと一緒に溢れてきて、食べられなくなっただけだ。

そのとき思わず「お母さん」と言ってしまったのかもしれない。そんな無意識の言葉でお父さんを傷つけてしまったのだ。

　涙が引いてからちゃんと食べようと思っていたのにお父さんが黙って捨ててしまったので、せっかく作ってくれたのに私が残してしまったから、怒らせたと思った。お父さんに嫌われたらどうしようと怖くなって、だから少しでも役に立てるように迷惑をかけないように、自分で料理をするようになったのだ。

　でも、違ったんだ。お父さんは私に怒ったわけじゃなくて、ショックを受けてたんだ。私の勘違いだった。

『そうか……そうだったのか』

　お父さんが信じられないというように呟く。

『てっきり更紗は、父さんと顔を合わせたくなくて夜遅くまでバイトして、土日もシフトを入れてるんだと……。更紗が子どものころ、仕事が忙しくてなかなか家に帰れなくて、それで母さんともうまくいかなくなって、母さんには家に帰ってくるなと言われて……更紗にちゃんと向き合えなくて、ずっと後悔してたんだ。更紗に嫌われても仕方がないと思った。だからせめてお金にだけは不自由させないように、父親としてできることは稼ぐことだけと思って手当がつく夜勤に変えてもらって、残業もどんどん引き受けて、少しでも多く貯金しておこうと……』

お父さんは戸惑ったような声でぼそぼそと言った。

「そんな、違うよ……」

電話の向こうからは見えないと分かっているのに、私は思わずぶんぶん首を振る。

お父さんが私に嫌われていると思っていたなんて、予想もしていなかった。私のほうこそ、お父さんは私に会いたくなくて仕事ばかりしているのだと思っていた。

「お父さんが働き過ぎて倒れちゃわないか心配だったの。自分の学費くらい自分で払えるようにバイトして、高校卒業したらお父さんを解放してあげようと思ってたの」

バイトを始めるとき、私は理由も説明せずに、ただ「バイトするから保護者の印鑑が欲しい」と言っただけだった。

ああもう、と心の中で溜め息をつく。

あのときちゃんと言えばよかった。私を引き取ってくれてありがとう、ご飯を作ってくれてありがとう、お父さんと一緒にいられて嬉しい。私もバイトするから、お父さんは仕事頑張りすぎなくていいよ、だからもっと家にいて。そのときに、ちゃんと伝えていればよかった。それができなかったせいで、お父さんにたくさん勘違いさせてしまった。

それはきっとお父さんも同じで、何も言わずに相手の気持ちを自分なりに解釈して、思い込んでしまっていたのだ。お互いにちゃんと自分の思いを口にしていれば、こんなに長い間、誤解し合わなくてすんだのに。

だから、今度こそ、ちゃんとはっきり言葉にして言うのだ。私は深く息を吸い込んで、口を開いた。

「あのね、お父さん。夜勤はやめて、夜は家にいてほしい。私もバイト減らすから。……誰もいない家は、寂しい。ひとりぼっちは、もう嫌だ」

お父さんがはっと息を呑んだ音がした。

『……そうか。寂しがらせてしまってたんだな。更紗は子どものころからしっかりしてたから、ひとりでも大丈夫だ、ひとりのほうがいいんだと思ってた。……ごめんな。そんなわけないよな。まだ十七歳だもんな。……寂しい思いをさせてごめんな』

ずっとこう言ってほしかったのだと、やっと自分の気持ちを理解できた気がした。

目の奥がきゅっと痛くなって、熱くなって、視界が滲んでくる。

ちゃんと伝わった、と思うと、ふわふわと全身の力が抜けていく気がした。

「ううん……私こそ、我が儘言ってごめんね」

『何言ってるんだ』

お父さんがおかしそうに笑った。それから少し震える声で続ける。

『子どもに我が儘を言ってもらえるほど幸せなことはないよ。知らない間に我慢をされていることが、親にとってはいちばんつらいことだ』

「……うん。ありがとう」

そう答えた私の声も、少し震えていた。心配をかけないように、泣いていることがばれないように必死だったけれど、きっとお父さんは気づいたのだろう。

『今日は残業は断ってなるべく早く帰るよ。だから、更紗が起きたら話をしよう。ちゃんと、たくさん、話をしよう。ご飯は買って帰るから、更紗は何もしなくていいから、今日はゆっくり寝なさい。……じゃあ、またあとで』

「うん……あとでね」

電話を切ったあと、私は写真立てと黒猫のキーホルダーを胸に抱いて目を閉じた。

ちゃんと言えた。ちゃんと伝わった。

私たちはきっと今までたくさんすれ違ってきたのだろうと思う。一緒に住んでいる血の繋がった家族だけれど、知らないことや気づかなかった思いがたくさんある。

だから『言葉』があるんだ。一緒にいるだけでは伝わりきらない思いを伝えるために、誤解されているかもしれないことを正しく届けるために。

だから、言葉で伝えることから逃げていてはいけないんだ。

お父さん以外にも、言うべきことをまだちゃんと言えていない相手がたくさんいる。

いつも私を優しく見守ってくれているカナリアのみんなに、口下手な私に声をかけて本をすすめてくれた竹田さんに、ちゃんとお礼を言おう。

そして、お母さんにも伝えよう。ずっとお母さんに会えなくて寂しかったということ。できればたまには会って話をしたいということ。受け入れてもらえるかは分からないけれど、まずは言わなきゃ始まらない。言葉で伝えないと何も変わらない。今の私ならできるかもしれない。

仁科さんにも、まだ伝えていないことがたくさんある。

たくさん助けてくれてありがとうございます。これからもよろしくお願いします。

そうだ、遊園地の思い出も話してみようかな。黒猫のキーホルダーを見せて、秘密のおまじないの話もしてみよう。

そういえば、あのお兄さんは、少し仁科さんに似ていた気がする。穏やかで柔らかくて、でも大事なときには毅然としているところ。澄んだ眼差しと優しい笑顔。

彼は今どうしてるかな。真昼の光の中で幸せに笑ってくれてるといいな。

そんなことを考えているうちに私は、いつのまにか眠りの森の奥深くに入っていた。

終章　真夜中の底で僕らは出会った

◆

僕は一度も、遊園地に行ったことがなかった。

父にとっては遊びなど無益で無意味なものでしかなかったし、母は父の許可なく子どもを連れ出すことなどなかった。

小学校の修学旅行で遊園地に行くことになっていたが、それを知った父は『時間の無駄だ、家で勉強していろ』と言い、母が当日朝に体調不良で欠席させると学校に電話をかけた。電話口で話す母の声を聞きながら、僕は前日までに用意していた洗面用具や着替えなどの入ったリュックを荷ほどきした。そういうものだと思っていたから悲しくはなかったが、ひどく虚しかった。

未来に希望を抱くということすら知らないまま、ただただ日々をやり過ごして高校生になった。

やっと自分の将来に真剣に向き合い始めたものの壁はあまりに高く分厚く、真っ暗闇の中で進むことも戻ることもできずにいた夏休みのある日、塾の帰りに遠回りをしてたまたま通りかかったコンビニで、アルバイト募集の貼り紙を見つけた。

衝動的に応募の電話をかけ、親の印鑑を勝手に使って履歴書を仕上げ、運良くばれることなく採用された。塾で自習をしているふりをして、朝から晩までシフトを入れた。親への些細な反抗を兼ねた現実逃避だったことは間違いない。

そのコンビニは、郊外の鄙《ひな》びた遊園地に隣接した店舗で、利用者の九割は来園客だった。入場前にペットボトル飲料を買っていったり、帰りがけに軽食や菓子を買っていく家族連れやカップルがほとんどだった。つまり、期待に胸を膨らませているか、楽しみの余韻に浸っているかのどちらかで、レジ前に立つ誰もが笑顔だった。

当たり前のように遊園地に行き遠慮なく満喫する客たちと、現実から目を背けるためにコンビニで働いている自分は、まるで違う種族のようだと思った。

真昼の光の中で幸せそうに笑い合う彼らと、真夜中の底でひとり震えている僕の間には、越えようのない深淵があった。

バイトを始めて半月ほどが経ち、仕事に慣れてきたある日曜日のことだった。遊園地の閉園時間を少し過ぎたころ、十歳くらいの女の子が店内に入ってきた。

まだ幼い少女がひとりで来店したことも気になったが、それより何より、彼女が号泣していることに驚いた。大きな瞳から止めどなくぼろぼろと涙が零れていた。遊園地帰りの笑顔が溢れる店内で、切羽詰まったような泣き顔をした少女は、あまりにも異質だった。彼女だけは真昼の光に包まれていなかった。

唖然《あぜん》として様子を見ていると、少女は嗚咽を堪えるようにぐっと唇を嚙みしめ、ごしごしと涙を拭いながら、店内をきょろきょろ見回していた。親を捜しているのだろうか、迷子なら一一〇番でいいのだろうか、などと考えているうちに、彼女は床に座り込んでしまった。糸が切れたように声を上げて泣きじゃくりながら。

僕は慌ててレジから飛び出し、駆け寄って声をかけた。ぱっと顔を上げた彼女は、潤んだ目をまんまるにして僕を見つめた。ひどく驚いているようだった。

僕は少しでも彼女の警戒を和らげようと、必死に笑みを浮かべながら事情を聞き出した。

園内に戻って捜そうと声をかけると、もう無理だと思う、と彼女は言った。諦めたような口調で、でもその顔は悲しげに歪んでいた。それほど思い入れの強いものなのだと伝わってきた。

本当にそうだろうか。もう無理なんだろうか。しばらく僕は考え、そして気がついたら言っていた。

『やってみないと、分からないですから』

そう口にしてから、自分の言葉に目から鱗が落ちたような気がした。

ああ、そうだ。無理かどうかなんて、やってみないと分からない。

そんなことは当たり前のことなのに、僕は、やる前からすべてを諦めていたのではないだろうか。どうせだめだ、自分の思う通りに生きるなんて無理だ。そう決めつけて生きてきたのではないだろうか。

泣き腫らした目をしたこの少女に、そんな諦観に支配された大人の姿を見せていいのか？　この少女に、もうだめだ、どうせ無理だと思わせていいのか？

僕は深く息を吸って、『やってみましょう』と言った。それは自分自身に言い聞かせる言葉でもあった。

何がなんでも見つけてやる。僕が絶対に見つけてみせる。

喉が焼けそうなほど強い思いが込み上げてきた。


少女の捜し物はなかなか見つからなかった。

あまりにも見つからないので、いっそのこと、彼女と二手に分かれて捜すふりをして、ギフトショップに行ってこっそり新しいものを購入して『あったよ』と嘘をついて渡そうか、という考えも過った。でも、こんなに暗くなるまでたったひとりで捜していた彼女に、その思いの深さに、嘘をついてはいけないと考え直した。

大人びた少女だった。一緒に行動していても、子どもらしい我が儘や自己中心的な振る舞いは一切なかった。それは決して美徳ではなく、彼女がそれまでずっと抑圧されながら、我慢しながら生きてきた証だろうと思った。子どもらしさを遠慮なく発揮できる環境にいなかったということだ。

常に相手の顔色を窺い、心情を推し量りながら生きてきたのだろう。自分も似たようなところがあったので、なんとなく分かった。

ずっと張りつめた表情で黙々とキーホルダーを捜していた少女が、あるとき突然、緊張の糸が切れたように静かに泣き出した。僕に気づかれないように必死に抑えているようだったが、すぐに気がついてしまった。

なんとか慰めて落ち着かせようとしたものの、彼女が喘《あえ》ぐように息をし始めたので、咄嗟に思いついた言葉を口にした。

『深呼吸して、とんとんとん』

なぜあのときあんな言葉が自分の中から出てきたのか、今でも不思議だ。

確か子どものころに読んだドイツかどこか外国の絵本に出てきたおまじないだった。災いを遠ざけ、幸福を招くために、木のテーブルを三回叩く。叩きながら唱えるまじないの言葉もあった気がするが、忘れてしまった。

だから適当に『とんとんとん』と言った。昂った気持ちを静めるには深呼吸がいいだろうと考えて、それも思いつきで付け足した。

とんだ『おまじない』だ。口から出任せの、なんの根拠もない言葉だ。

それでも、彼女はみるみるうちに落ち着いていった。そして笑ってくれた。たとえ出任せだろうが、今この瞬間だけでも、ほんの少しでも彼女の気持ちを楽にすることができたのならそれでいい、嘘をついたことの償《つぐな》いが必要ならいくらでもしようと思った。

それからしばらくして、やっとキーホルダーが見つかった。

この世に何千、何万と出回っているであろう量産品のひとつを、宝物のように抱きしめて涙を流しながら微笑む彼女の姿を見て、僕の胸は切なさに締めつけられた。

彼女にもう二度と悲しいことやつらいことが訪れないよう、心から祈った。

『お兄さん、一緒に捜してくれて、見つけてくれて、ありがとうございました。本当に、本当に、ありがとうございました』

家まで送り届けたあと、別れ際に少女が、深々と頭を下げて言った。

どういたしまして、と答えると、彼女は笑った。

雲ひとつない青空のような、澄みきった泉のような、透き通った無垢な笑顔を見た瞬間、僕は唐突に知った。『僕は生きていてもいいのだ』と。

思ったのでも気づいたのでもなく、知った。

それは、彼女に感謝されたことによって自分の生きる意味や存在価値を見いだしたとか、そういう分かりやすい情動ではない。自分でもよく分からない。言葉を紡ぐことを生業としているのに、あの天啓のようにふいに訪れた真実を、うまく伝える言葉がどうしても見つけられない。

それでもなんとか無理やり説明するならば、『僕は生きていていい。君も生きていていい』と、僕は彼女に伝えたかったのかもしれない。

僕が僕の生を否定することは、彼女が彼女の生を否定することに繋がりかねないという、わけの分からない思い込みだ。

あまりにも儚げに見えた少女の生を、僕は丸ごと肯定したかった。たとえ何があろうと、彼女に自分の生きる意味を疑ったりしてほしくなかった。

彼女の生を否応なく認めるために、僕は僕自身の生もあるがままに認めなければいけなかった。

たとえ何があっても、どんな境遇だろうと、誰になんと言われようと、誰もが『生きていていい』のだ。それが彼女を優しく包み込む光になるはずだ。そういう世界であることを、まずは僕が信じなければいけない。

だから僕は生きる、と決めた。

あの小さな少女が、僕を今日まで生かし続けてくれている。

——最後のひと文字を打ち込んで、僕はふうと息を吐き出した。

凝り固まった肩をゆっくりと回しながら、ブラインドの向こうの空を見る。いつの間にか夜は白々と明けていた。

時間を忘れるほど夢中になって、パソコンの前に座ったまま夜を明かしたことなど、いつぶりだろう。処女作を仕上げたころ以来かもしれない。

初めて小説を書いたのは、あの少女と過ごした少しあとのことだった。

理由はどうあれ働き出してすぐに仕事をほっぽり出すという勝手な行動をしたので、コンビニのバイトは即日クビになった。塾も課題もすべて放り出して、夏休みなのをいいことに昼も夜もなく手を動かし続け、一週間ほどで書き上げた。

気持ちがよかった。身体の奥底から、自分でも驚くほど次々に言葉が溢れ出してきて、止まらなくて困るくらいだった。自分の中にある感情を根こそぎ言葉にして吐き出さないと爆発してしまうと思った。これまでどうして書かずにいられたのか不思議だった。僕は書くために生まれてきたのかもしれない、などと小っ恥ずかしいことすら考えた。

でも読み返してみると、自分の中にある言葉があまりに貧相だと悟った。

これまで医者になるために勉強していたから、僕の学び方はひどく偏っていて、小説を書くために必要な知識があまりに不足していた。

大学に行って、今まで触れずにきたあらゆることを学びたいと思った。できる限り広く、かつ専門的なことを学べる大学を探し、学部も決めた。これまでの人生を勉強に費やしてきたおかげで、このまま努力を続ければ合格圏内を維持できそうだった。

親が僕の展望を知ったのは、保護者のサインをもらうために進路希望調査票を渡したときだった。

母は悲鳴を上げて取り乱し、父は『どういうつもりだ、書き直せ』と迫ってきた。僕は初めて父の前で首を横に振った。

『小説家になりたい』と打ち明けたとき、父は鼻で笑った。それからお得意の高圧的な物言いで僕を否定した。

それまでの僕なら、一も二もなく両親の言葉に従っただろう。でもそのときの僕はもう彼らの操り人形ではなくなっていた。

どうせ僕の書いたものを渡したところで、目を通しもせずに破り捨てるだろうと分かっていた。

『自分に必要のないものは捨てればいい。自分を苦しめるものからは離れればいい。あなたの手足はそのためにあるのだ。そして、失いたくないものは抱きしめる。自分を幸せにしてくれるものには駆け寄る。あなたの手足はそのためにあるのだから』

あのとき出会った運命の小説の一節が、甦ってきた。

僕は家を捨てる決意をした。自分でも驚くほどあっさりと。

自分の人生には必要のないものだと、はっきりと確信できた。

大学の学費と生活費を自分で貯めておかなければならなかったので、バイトをするために塾はやめた。その代わりに帰宅したあと、医者への道を走らされていたころ以上に必死に勉強した。自分の望む道に進むためにはいくらでも努力できるのだと知った。

そうして僕は、僕にとって必要なものを自分の手で選びとって生きてきた。

一度は見失いかけた道を、今こうして、再び歩き始めた。

それは自分の力だけでは成し得なかったことだった。人から与えられた言葉によって力をもらって、目を覚ますことができたのだ。

今度は僕が、自分の言葉で誰かを力づけたい。

そうだ、そうだった、と思い出す。

僕が小説を書き始めたのは、『自分のため』だった。小説に感情を吐き出すことでなんとか心の均衡を保っていた。

そして小説家を目指したのは、小説を書き続けてきたのは、『誰かのため』だった。僕自身がこれまでにたくさんの小説の言葉で何度も救われてきたから、今度は僕の言葉で誰かひとりでも救うことができたらと思ったのだ。

小説は消費されるものだ。後世に残り古典となっていく一部の作品を除いて、僕の作品のような有象無象は、消費される一時的な娯楽だ。何度も読み返されることはほとんどない。一度読んだら終わりで、十日も経てば内容すら忘れられているかもしれない。新刊が出るたびに買ってくれていた読者も、みないつかは卒業していく。

それでも全くかまわない。

ただ、僕の小説を読んでくれた誰かが、何年も先の遠い未来でもいい、いつかどこかで、悲しみや苦しみを抱えているときに、僕の言葉を思い出して、それが一筋の光になって、その心をほんの少し、ほんの一瞬でも温かくすることができたら、それ以上に幸せなことはない。そのたったひとりの、一瞬のためだけに、僕は言葉を紡ぎ続けてきたのだ。

大した思い上がりだと、自分でも思う。でも、これが僕の真実だ。

僕にはまだ語れる言葉がある。語りたい言葉が、語らなくてはいけない言葉がある。

だから小説を書かなくてはいけない、書きたい。

だから僕は書く。書き続ける。

この言葉が、たったひとりでもいいから、きっと誰かに届くと信じて。

この言葉が、たとえほんの少しだろうと、いつか誰かを救うと信じて。


少し仮眠をとり、シャワーを浴びたあと、彼女と会うために公園に急ぐ。

いつしか彼女と会って同じ時間を過ごすことが、僕の生活の一部になっていた。

彼女はどうやら、僕たちが会ったことがあるということに気づいていないらしい。

僕自身も、ただの店員と客の関係だったころには分からなかった。夜の公園で僕の渡した缶コーヒーをそっと胸に抱く姿を見たとき、あの日真っ暗な遊園地の片隅でキーホルダーを宝物のように抱きしめた少女の姿と重なった。昔のことで顔ははっきり覚えていなかったし、名前も聞かなかったので確信はないけれど。

夜の遊園地で共に捜し物をした少女のことを話したら、彼女はいったいどんな顔をするだろう。澄んだ水鏡のように綺麗な瞳に、どんな波紋が広がるだろう。そう考えると、自然と口許が緩んだ。

いや、過去のことはどうでもいい。大切なのは、未来だ。彼女にはこれからいくらでも変えられる長い長い未来がある。

これから彼女が歩む道が、明るい光に満ちたものであり続けることだけを、僕は祈ろう。

この作品は二〇二一年六月〜七月にＡｐｐｌｅより電子書籍として三回に分け先行配信されたものを加筆修正した文庫オリジナルです。

幻冬舎文庫

●最新刊
隣人の愛を知れ
尾形真理子

誰かを大切に想うほど淋しさが募るのはなぜ？自分で選んだはずの関係に決着をつける〝事件〟が起きた6人。『試着室で思い出したら、本気の恋だと思う。』の著者が描く、出会いと別れの物語。

●最新刊
誰《た》そ彼《がれ》の殺人
小松亜由美

法医学教室の解剖技官・梨木は、今宮准教授とともに警察からの不審死体を日夜、解剖。彼らが直面するのは、どれも悲惨な最期だ。事故か、殺人か。二人は犯人さえ気づかぬ証拠にたどり着く。

●最新刊
ひねもすなむなむ
名取佐和子

自分に自信のない若手僧侶・仁心は、ちょっと変わった住職・田貫の後継として岩手の寺へ。悩みの解決の為ならなんでもやる田貫を師として尊敬するようになるが、彼には重大な秘密があり……。

●最新刊
善人と天秤と殺人と
水生大海

努力家の珊瑚。だらしない翠。中学の修学旅行で人が死ぬ事故を起こした二人。終わったはずの過去が、珊瑚の結婚を前に突如動き出す。女二人の善意と苛立ちが暴走する傑作ミステリ。

●最新刊
山田錦の身代金
山本　薫

一本百万円の日本酒を造る烏丸酒造に脅迫状が届く。金を払わなければ、田んぼに毒を撒くというのだ。警察は捜査を開始するが、新たな脅迫状には、新聞広告に〝あること〟を載せろとあり……。

真夜中《まよなか》の底《そこ》で君《きみ》を待《ま》つ

汐見夏衛《しおみなつえ》

令和3年10月10日　初版発行
令和5年4月5日　8版発行

発行人――石原正康
編集人――高部真人
発行所――株式会社幻冬舎
〒151-0051東京都渋谷区千駄ヶ谷4-9-7
電話　03(5411)6222(営業)
　　　03(5411)6211(編集)
公式HP　https://www.gentosha.co.jp/
印刷・製本―株式会社　光邦
装丁者――高橋雅之

検印廃止
万一、落丁乱丁のある場合は送料小社負担でお取替致します。小社宛にお送り下さい。

本書の一部あるいは全部を無断で複写複製することは、法律で認められた場合を除き、著作権の侵害となります。

定価はカバーに表示してあります。

Printed in Japan © Natsue Shiomi 2021

幻冬舎文庫

ISBN978-4-344-43132-4　C0193　し-49-1

この本に関するご意見・ご感想は、下記アンケートフォームからお寄せください。
https://www.gentosha.co.jp/e/